貓咪也瘋狂 05

WHAT'S MICHAEL? KOBAYASHI MAKOTO

小林誠

小林まこと

目錄

Vol.142
波波的睡相

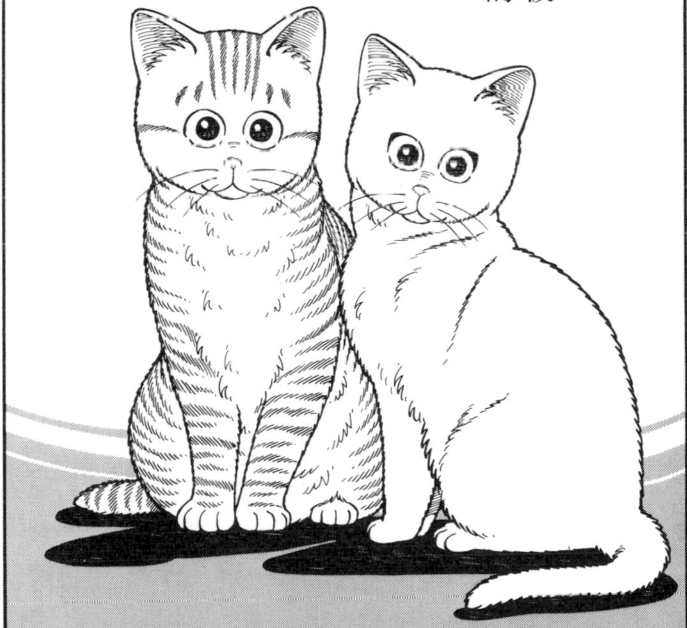
有個地方，
住著麥可和波波
這對感情很好的
夫婦。

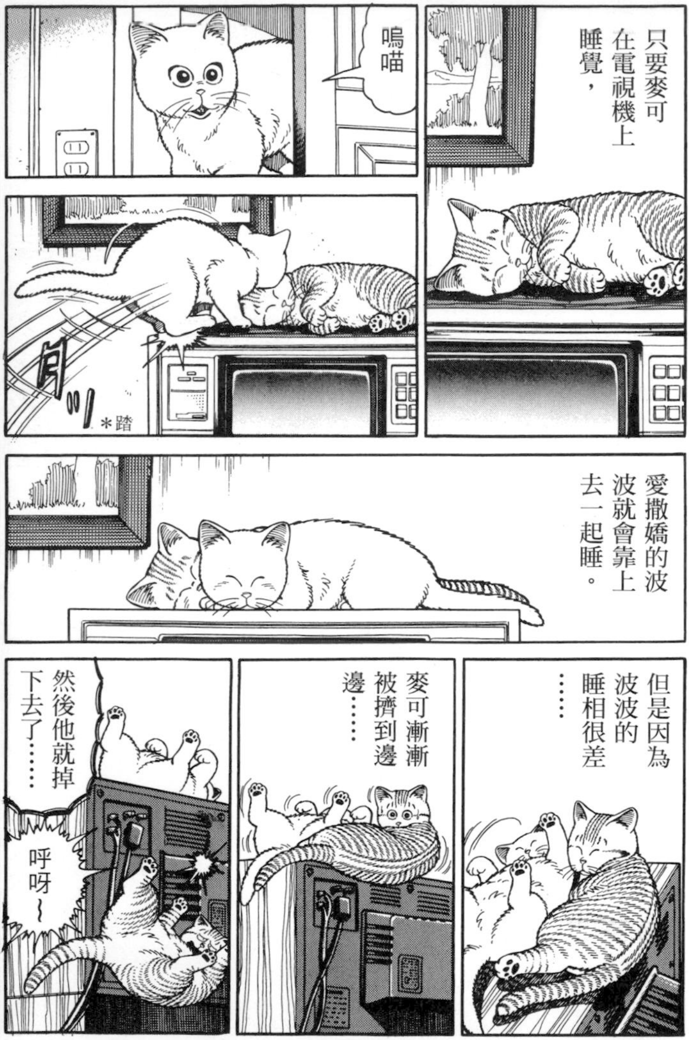
只要麥可在電視機上睡覺，
嗚喵
踏
＊踏
愛撒嬌的波波就會靠上去一起睡。
但是因為波波的睡相很差……
麥可漸漸被擠到邊邊……
然後他就掉下去了……
呼呀～

發現麥可掉下去的波波，
ダッ
打算向麥可道歉，趕緊追上去。
*跳
但是，
咦？
……
タタ…
*噠噠
……
ダアッシュッ
*飛奔
!!
ドドドドドド
*咚咚咚咚

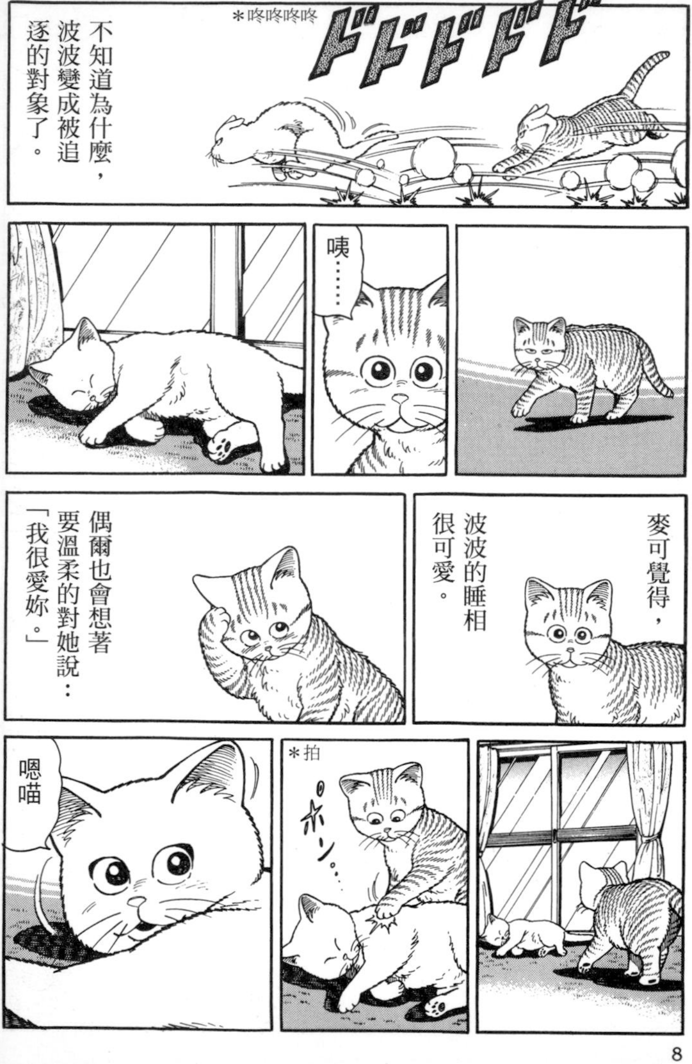
不知道為什麼，
波波變成被追
逐的對象了。
*咚咚咚咚
ドドドドド
咦……
麥可覺得，
波波的睡相
很可愛。
偶爾也會想著
要溫柔的對她說：
「我很愛妳。」
*拍
ポン……
嗯喵

但是……
……
因為貓咪有走三步即忘恩的習性，
麥可忘記自己是來幹嘛的了。
……
沒辦法，只好咬波波一口。
ガブッ
呼呀～
＊咬
嗚喵～
呼呀呼呀～
所以，最後演變成夫妻吵架。
雖然他們兩隻的感情很好，
但是麥可偶爾也會想自己睡。
這種時候，麥可會悄悄跳到櫃子上睡覺。

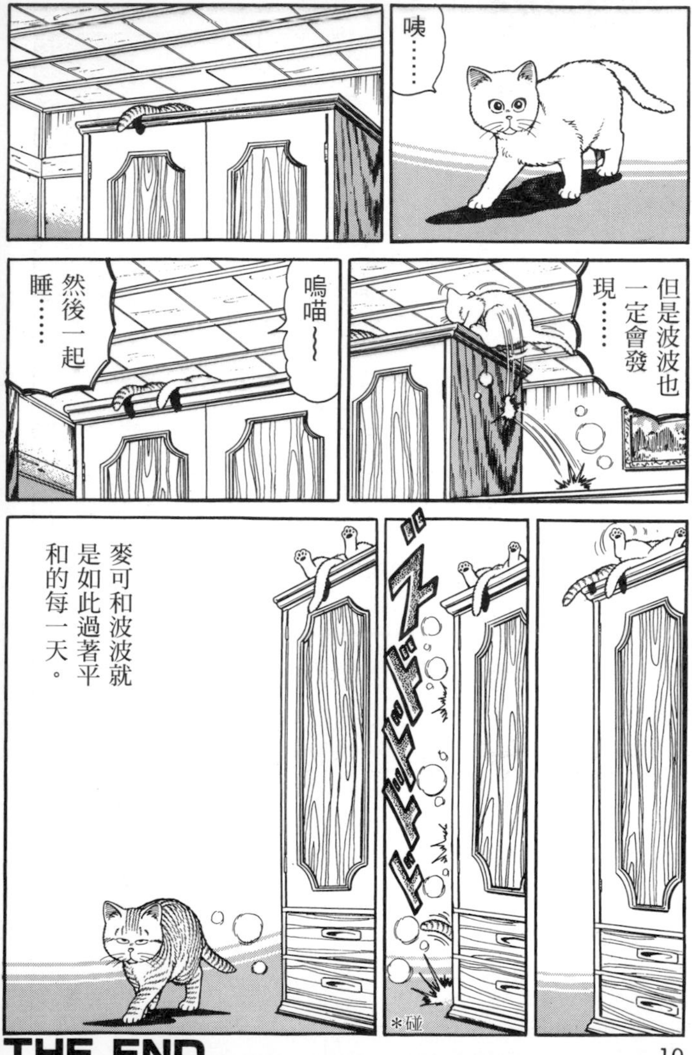
咦……
但是波波也一定會發現……
嗚喵～～
然後一起睡……
*碰
麥可和波波就是如此過著平和的每一天。

THE END

Vol.143

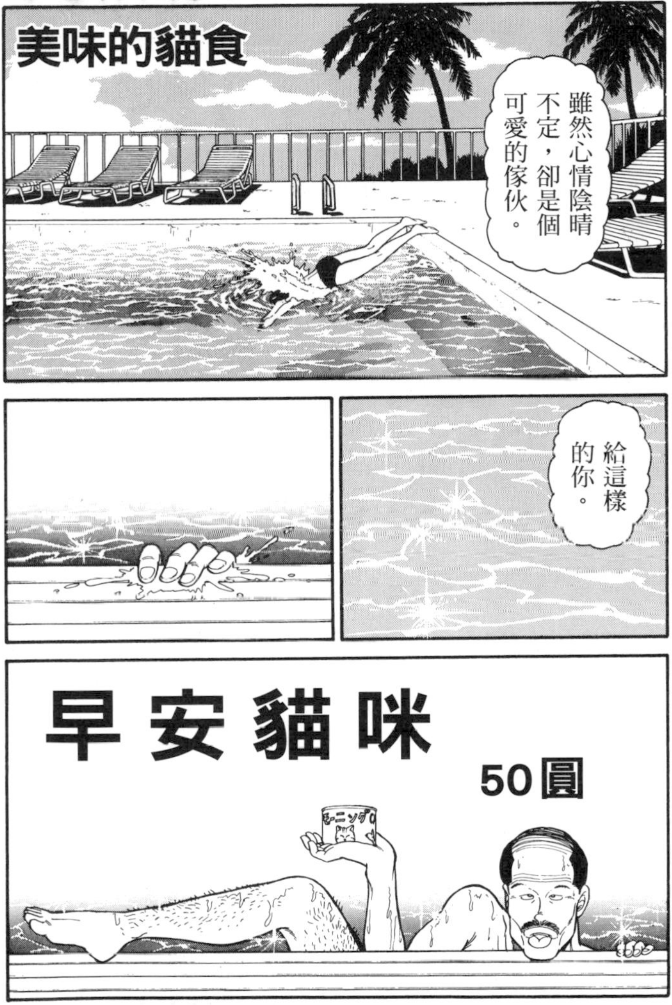
美味的貓食
雖然心情陰晴不定，卻是個可愛的傢伙。
給這樣的你。
早安貓咪
50圓

哎呀～
這個雖然很誇張，但卻是真有其事呢！
我們家的貓吃早安貓咪這家的貓食會開心的說出「豪吃、豪吃」呢！
在新潟，我們都把「好吃」說成「豪吃」。
哎唷！這是真的！
發明貓食的人真應該得諾貝爾獎。
呀哈哈哈哈哈哈哈～～！
早安貓咪
モーニング
會議中

……
怎麼樣……
都賣不出去……
都已經買了這麼多廣告，還降價、送贈品，
為什麼會賣不出去啊！
那……
那個……
是不是因為太難吃了呢……

你……
你說什麼~~
我舉個例子吧，這裡有隻已經三天沒吃東西的貓。
啊嗡~~
啊嗡~~
然後這個是，
我們公司的早安貓咪。
來！麥可！吃飯囉！過來。
嗚喵~~
ダッ
＊衝
タ…
＊噠
……
乖！不用客氣，都是你的喔！

你這傢伙！為什麼不吃啊！去給我吃！
＊推
嗚喵喵喵～～
＊撐住
＊磅
住手！
三天沒吃東西，麥可也太可憐了吧！
說什麼啊！我餵他了啊，是他不吃的！
部長！
怎麼樣？
可以讓他吃其他廠商的罐頭嗎？
……
好吧！
乖喔，麥可，對不起喔～～！
這次會給你吃好吃的飯喔～～！
＊嘰叩嘰叩

來！
吃吧～～！
嗚喵……
嗚喵喵喵喵喵喵～～
＊嚼嚼嚼
ムシャムシャムシャ
啊哈哈，不用急，你可以慢慢吃～～！
……
……
……
早安貓咪公司的罐頭，到底是哪裡有問題呢……
這點只有貓才知道了。
但是，早安貓咪公司的目標，是成為日本第一的貓食製造商，這場戰鬥還會繼續下去。

THE END

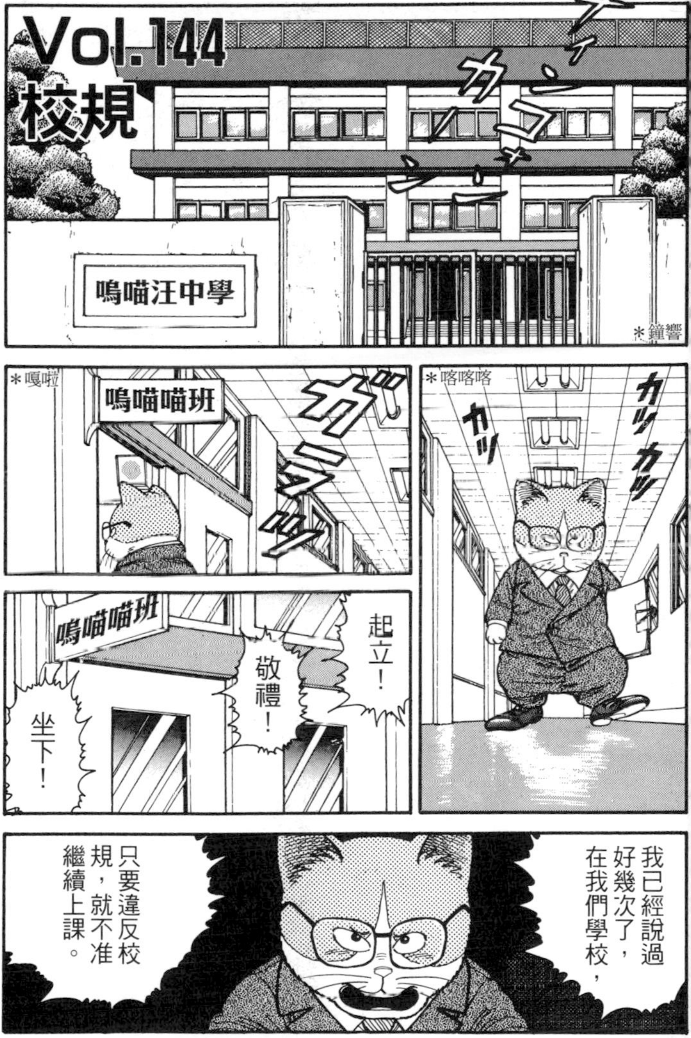
Vol.144
校規
嗚喵汪中學
＊鐘響
＊喀喀喀
カツ
カツカツ
＊嘎啦
嗚喵喵班
ガラッ
嗚喵喵班
起立！
敬禮！
坐下！
我已經說過好幾次了，在我們學校，
只要違反校規，就不准繼續上課。

隔壁的汪汪班就非常優秀，
反觀這個嗚喵喵班……
嗯……
喂~~麥可！不准打哈欠！
上課時如果打了三個哈欠，就是違反校規，要給我出去喔！
總之就是這樣的日子，以後會越來越嚴格……
磅
咦……

 ＊註：長毛和黑色眼線為金吉拉貓咪的特徵。

咦……
＊舔舔擦擦
ペロペロ
ゴシゴシ…
喂～～波波！
上課時禁止整理毛髮！
出去～～！
嗚喵喵
哼……
……
喂～～！雷克斯＊！
為什麼把毛燙成那樣！成何體統～～
出去～～！

＊註：雷克斯是捲毛貓（Rex）的音譯。

真是的，每一個都是講不聽的傢伙～
你們可以稍微向認真的次郎看齊嗎？
嗚喵……
嗚喵～～
ポト
＊撲咚
!!
未滿一歲禁止使用木天蓼！
出去～～！
咕啊……
嗯！
……
……
パク…
＊嘴張合

……
咕哈……
第三次~~~！
出去~~~！
呼哈 呼哈
呼哈 呼哈
貓咪不適合……去學校上學
THE END

Vol.145
吸血鬼與怪談
ドロロロロ
＊咚隆隆隆
嘿嘿嘿……
很好很好……
吸血鬼羅古拉……

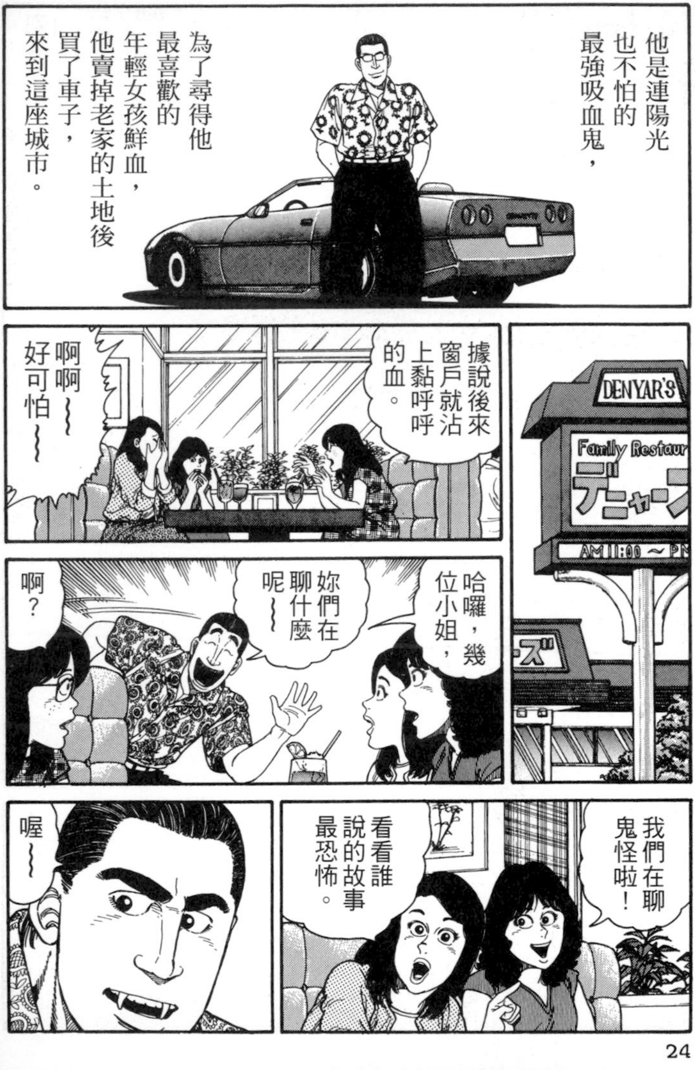
他是連陽光也不怕的最強吸血鬼，
為了尋得他最喜歡的年輕女孩鮮血，他賣掉老家的土地後買了車子，來到這座城市。
DENYAR'S
Family Restaur
デニャーズ
AM 11:00 ～ PM
據說後來窗戶就沾上黏呼呼的血。
啊啊～～好可怕～～
哈囉，幾位小姐，
妳們在聊什麼呢～～
啊？
我們在聊鬼怪啦！
看看誰說的故事最恐怖。
喔～～

那我可以加入嗎？
我很會說鬼故事呢！
咦？真的嗎？
哼哼……
怎麼說我也是正港的鬼怪啊……
下一個輪到我了吧！
這是發生在那條縣道的真實故事。
ブウーッ
某天晚上，擔任體育老師的五十嵐開車上了那條縣道。
據說他在轉彎時，突然看到有隻貓窩在路中央……

＊嘰咿咿！
哇啊！
雖然慌忙踩剎車，還是來不及。
五十嵐老師以為自己輾過貓了，
下車準備找尋屍體，結果卻不見貓影。
什麼啊？
是我想太多嗎……
＊噗嗡嗡
於是五十嵐老師回到車上繼續上路。
他無意間看了一下後照鏡……
咦……
哇啊啊～～！

據說鏡子裡出現了一張恐怖的貓臉。
……
……
五十嵐老師緊張得趕緊停車，然後往後看……
結果後座沒有任何人。
但……但是，他發現座位上，
……
咦……

那裡……
留了一堆
貓大便在位子上！
……
……
啊哈哈哈哈哈哈哈
那是什麼啦～～
這完全不可怕啊～～
這可是真實故事耶～～
……
……
吸血鬼羅古拉，
他不走旁邊那條縣道……
*嘟嘟嘟嘟
離開了這座城市……

THE END

Vol.146 夏天好涼快

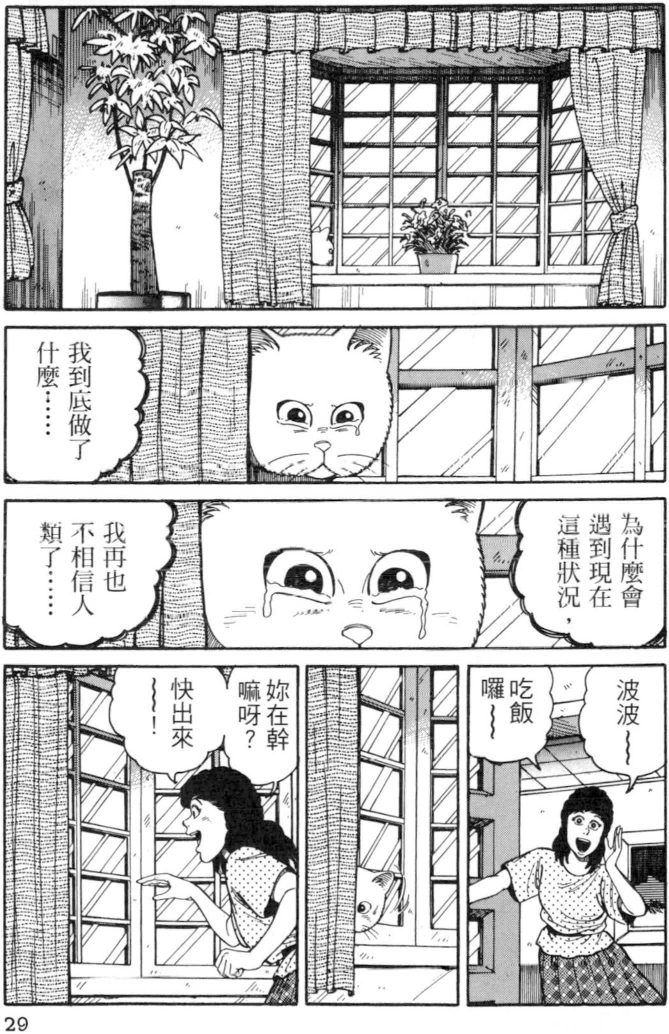

來，過來，不要躲在那種地方，
今天是妳最喜歡的雞胸肉唷！
哼喵喵喵喵~~
*亂揮
呼呀！
*開
……
……
啊~~等一等呀，波波~~
*奔
不管再怎麼說，那樣也太過分了吧！
可是~~

我帶他們去動物醫院注射疫苗時，醫生說……
這個夏天好像會變很熱，
要順便幫他們剃毛嗎？
因為他這樣說……
我沒想到波波會這麼難過……
這是當然的啊！
麥可和迷你可就算了，波波可是女生啊！
毛髮可是女人的性命～～！
波波，對不起！
妳的毛很快就會長出來了。
打起精神來！
嗚喵喵～～！
ダッ
＊奔
啊！
波波～～～！

啊……
咦？
嗚喵喵
喵喵喵
喵~~
……
……
*嗒嗒嗒嗒
……
……

怎麼辦～～！
她一時之間是恢復不了了！
……
……
對了，那……
我有個好方法……
ギ…
*嘰
ダッ
*奔
咦……

嗚喵喵喵喵喵喵~~
……
……
還是不行啊~~
妳以為做衣服給她穿，她就能打起精神嗎？
可是~~！
就這樣，波波在毛長回來的這段期間，每天都過著憂鬱的日子……

THE END

Vol.147
愛麗絲的憂鬱
……
愛麗絲
還是振作不起來嗎……
是的老爺，
小姐這三天似乎也不怎麼吃東西……

……
愛麗絲……
妳也差不多該打起精神了吧……
不過是死了一條金魚而已。
爸爸你根本不懂我的心情，
我只有金魚小金這麼一個朋友。
嗚哇啊～～小金～～
……
過了二天後……

愛麗絲！
愛麗絲～～
怎麼了爸爸？
喔～～愛麗絲，
我今天帶了一個很棒的禮物給妳唷！
禮物？
好了，妳打開來看看。
妳一定會很喜歡的。
……
啊！
嗚喵

呀~~好可愛喔~~~！
哈哈哈，妳喜歡嗎？
那麼，從今天開始就忘掉金魚的事，
要打起精神喔，愛麗絲。
謝謝你！
爸爸！
然後……
爸爸！爸爸~~~！
*跑
什麼事……
麥可他啊，開心的時候會咕嚕咕嚕叫耶~~！
哈哈哈
這樣啊！

我跟你說喔
爸爸～
*開
麥可他啊，他會用這個姿勢洗臉耶～
哈哈哈哈，這樣啊！
自從麥可來了之後，愛麗絲小姐就變得開朗起來了呢！
嗯……真是太好了。
欸！爸爸！爸爸！
哈哈哈，這次又怎麼了？
ダダッ
*跑
你看你看！
我殺了一隻蒼蠅呢。
我模仿麥可的！
現在不管是蒼蠅還蟑螂，我什麼都敢殺囉！
……

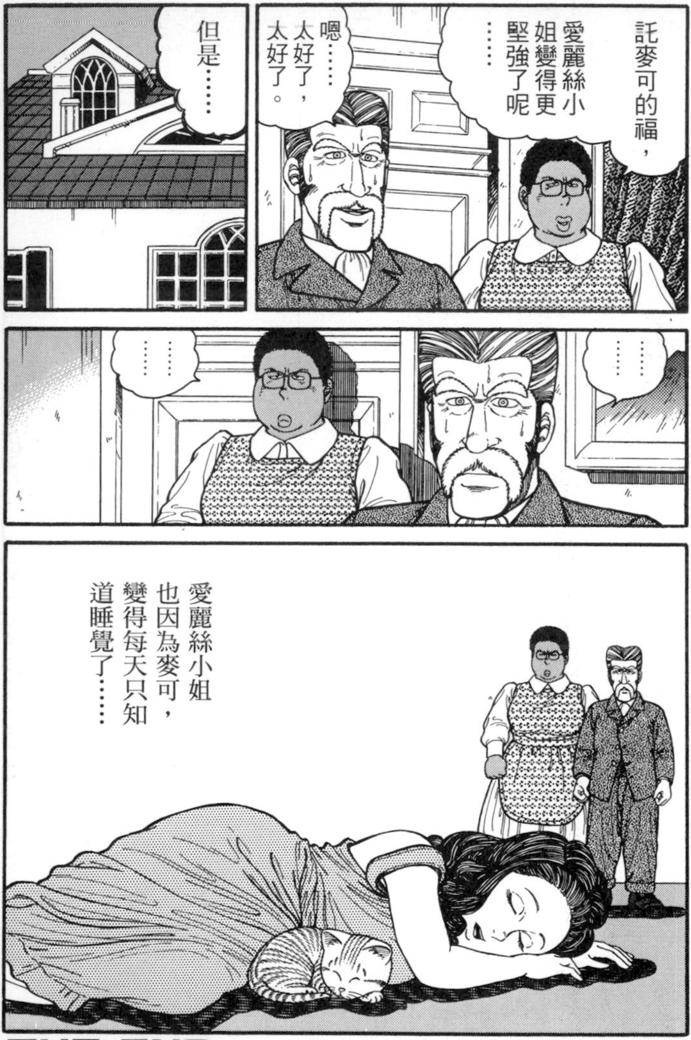
託麥可的福，
愛麗絲小姐變得更堅強了呢……
嗯……太好了，太好了。
但是……
……
……
愛麗絲小姐也因為麥可，變得每天只知道睡覺了……

THE END

Vol.148
失眠的夜晚

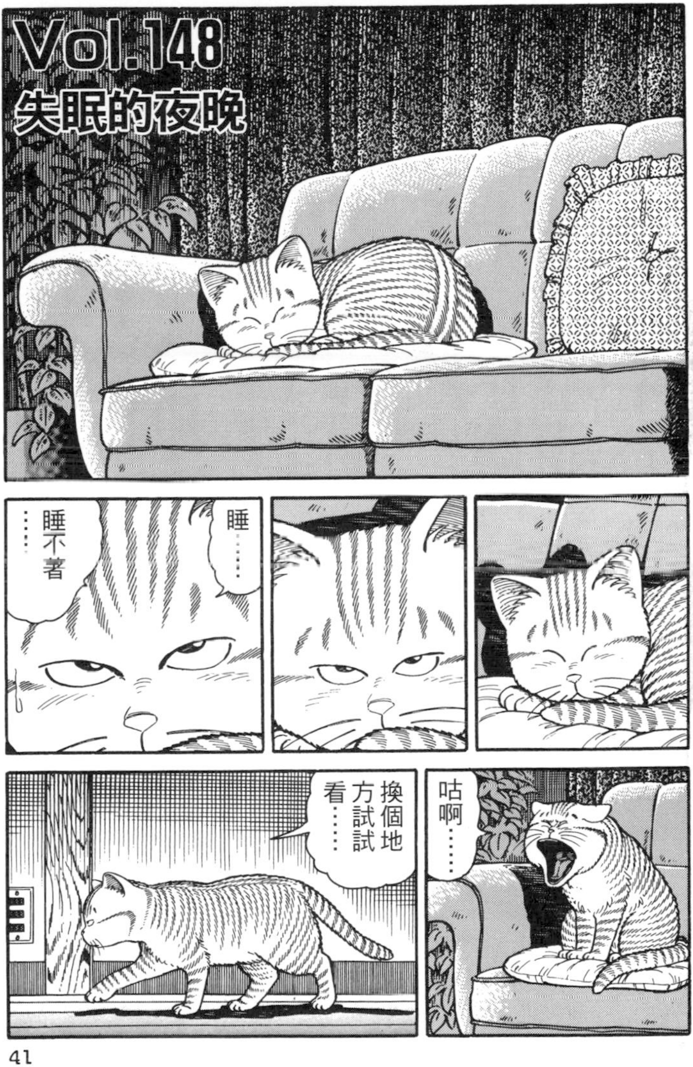
睡……
睡不著……
換個地方試試看……
咕啊……

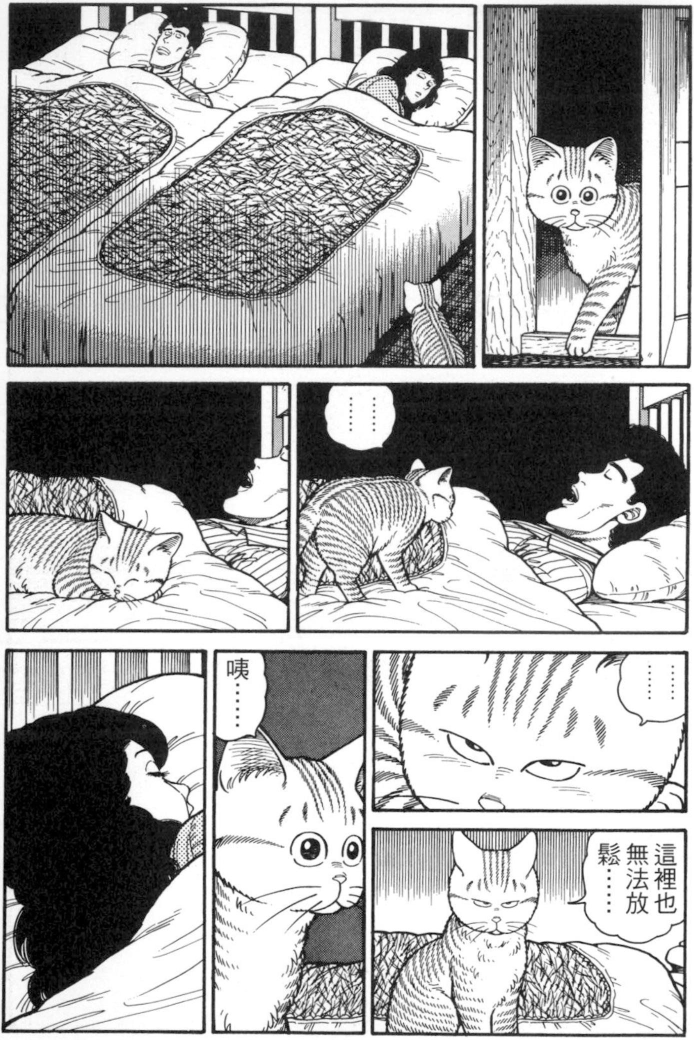
……
……
咦……
這裡也無法放鬆……

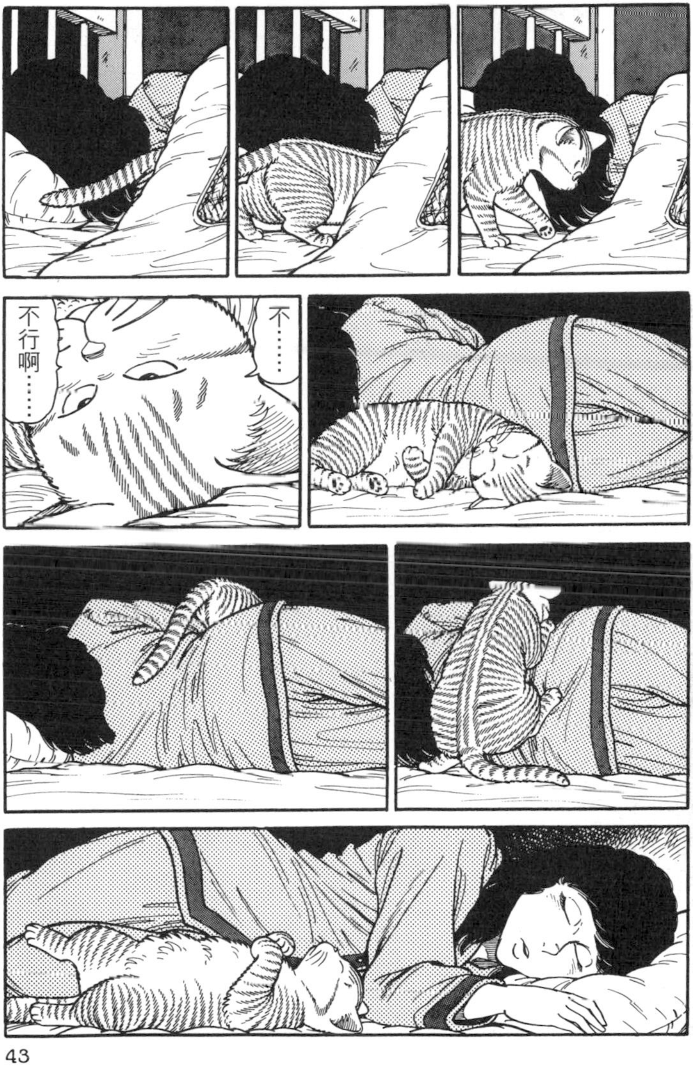
不……
不行啊……

不行啊……
也沒用。

……沒有用
這裡也不行。
這裡也很難睡好。

THE END

Vol.149
老大的隱情
嗄……
啊……
是茶琉老大！

早安！
早安。
嗯……
麥可。
是！
那個圍兜相當適合你喔！
哪裡～
嗚喵喵喵喵喵喵喵
嗯……
早安啊。
咦，雷蒂妳懷孕了嗎？
預產期何時？
是啊，明年十月左右。
這樣啊，
要多吃點好料、保重身體啊。

好的！
謝謝您。
咦……
那是誰，沒見過的傢伙呢！
是，好像是新來的……
也還沒跟我們打過招呼呢！
哦～～
吼喔～～

……
喝啊～
嗚呀！
*啪嘰
好，這樣你從今以後就是我們的成員了。
去和大家打招呼。
請多多指教……
嗯。
高橋嗩吶，通稱茶琉。*
是支配一丁目到四丁目的貓老大。

*註：嗩吶（charamela）以日語外來語發音時，音近茶琉米良，故通稱為茶琉

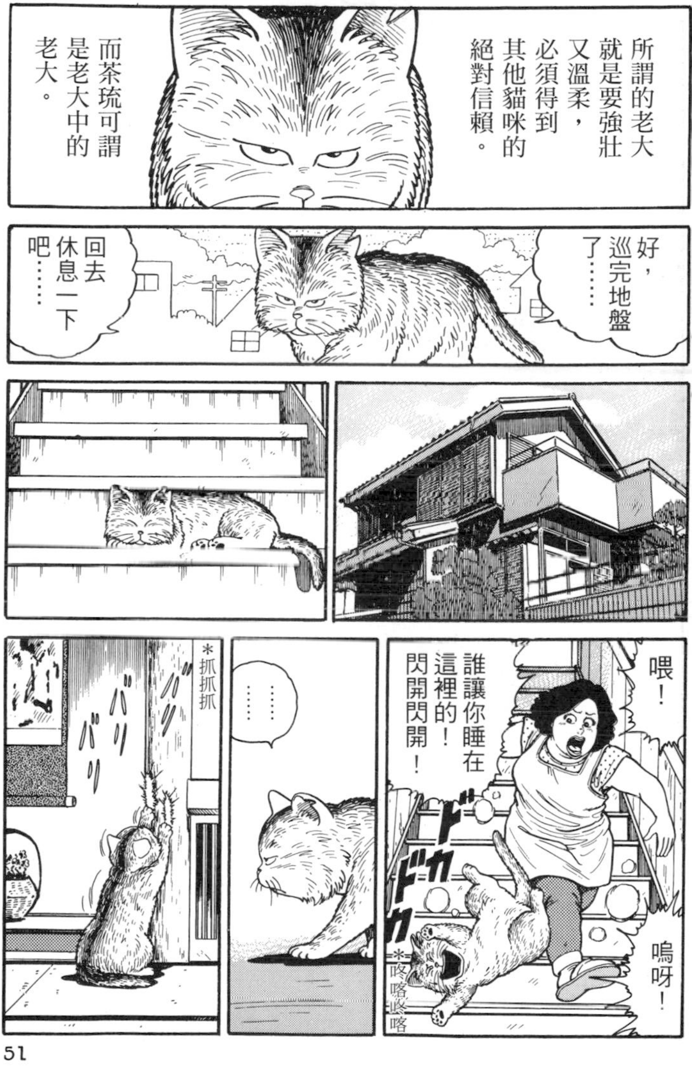
所謂的老大就是要強壯又溫柔，必須得到其他貓咪的絕對信賴。
而茶琉可謂是老大中的老大。
好，巡完地盤了……
回去休息一下吧……
喂！
誰讓你睡在這裡的！閃開閃開！
ドカドカ
*咚咯咚咯
嗚呀！
……
……
*抓抓抓
バリバリ

這裡是讓你磨爪子的地方嘛！
嗚呀！
＊啪嘁
哇～
＊咚咚咚咚
啊……
來玩嘛～茶琉～～！
呀！呀！
喵喵♦喵喵
呼呀～
別跑啊～～！
喵喵
貓老大茶琉，回到家後就只是一隻普通的貓。

THE END

Vol.150 老大的繼承者

高橋噴吶，
通稱茶琉。
是擁有從一丁目到四丁目廣大地盤的貓老大。
貓的世界裡，階級區分得很清楚，貓老大則是站在這個世界的頂端。
午安~~!
午安，茶琉老大。
唔……
看來今天的巡邏也完成了……
今天就去珊卓拉那裡住一晚吧……

哎……
我兩手空空的……
……
……
嘿~~歡迎光臨~~
啊~~混帳東西~~!
小偷~~!
嗨!珊卓拉!
茶琉!

等你好久了吶～
這是禮物……
雖然是貓老大的情婦，但也不一定就是美女。
那個，珊卓拉……
怎麼了茶琉？
我當這鎮上的貓老大也整整七年了……
差不多該考慮退休了……
這樣啊！
如果你這樣想，我也不會反對啦……
你真的是辛苦了很久呢……
嗯……
但問題是，繼承的人選。
負責二丁目的喵丸，
結紮後變得很膽小……

次郎雖然認真，但吃木天蓼後卻會性情大變。
話說回來……
喵吉拉因為是母的，沒有繼承貓老大的資格……
這樣一來，
年紀符合的……
就只有麥可了……
啊……
蛤~~!?
我……我是，
二代貓老大？
沒錯……

你的任務就是守護一丁目到四丁目的地盤，
盡力維持鎮上的和平。
拜託你囉，麥可！
……
那我就，
恭敬不如從命了。
嗯。
パチパチパチ
パチパチパチ
＊啪啪啪啪
然後茶琉就踏上了旅程。
一個月後……
茶琉旅行回來。
嗯～真懷念啊……
大家都有好好做事嗎……

咦？
啊！
茶琉老大！
好久不見。
嗯！大家都好嗎？不要待在那種狹小的地方，出來這裡吧！
啊……唉……
那個……
我們地盤只剩這裡，其他都被別處的貓占領了。
啥……
你在搞什麼啊？麥可～～！
看起來茶琉暫時還不能退休啊……

THE END

Vol.151 被愛包圍

タタタタッ
＊噠噠噠噠
……
……
ピューーッ
＊咻——
……
……
＊倒
グラ…

＊衝
＊撞
＊喀唧
＊啪嗒啪嗒啪嗒
……
……
＊轟——
啊！
啊啊啊啊~~
＊衝

ガッーーッ
*撞
ペロン
*舔
……
ガッ
*撞
你這混蛋！
走路不長眼啊！
啊～

*衝
バババ
*颯
ザザッ
*衝
ザザッ
……
我真是小看你了~~！
ドドドド
*咚咚咚咚

THE END

Vol.152 緊張的監視

……
山村，來換班吧！
我買便當來了。
*嘰—
喔！謝啦！
那個……有什麼動靜嗎？
沒有……只有外賣小哥來收碗……
這次的事件難道跟這個女人沒關係嗎……
說不定……
但是我們現在只有這條線索，
只能監視她了。

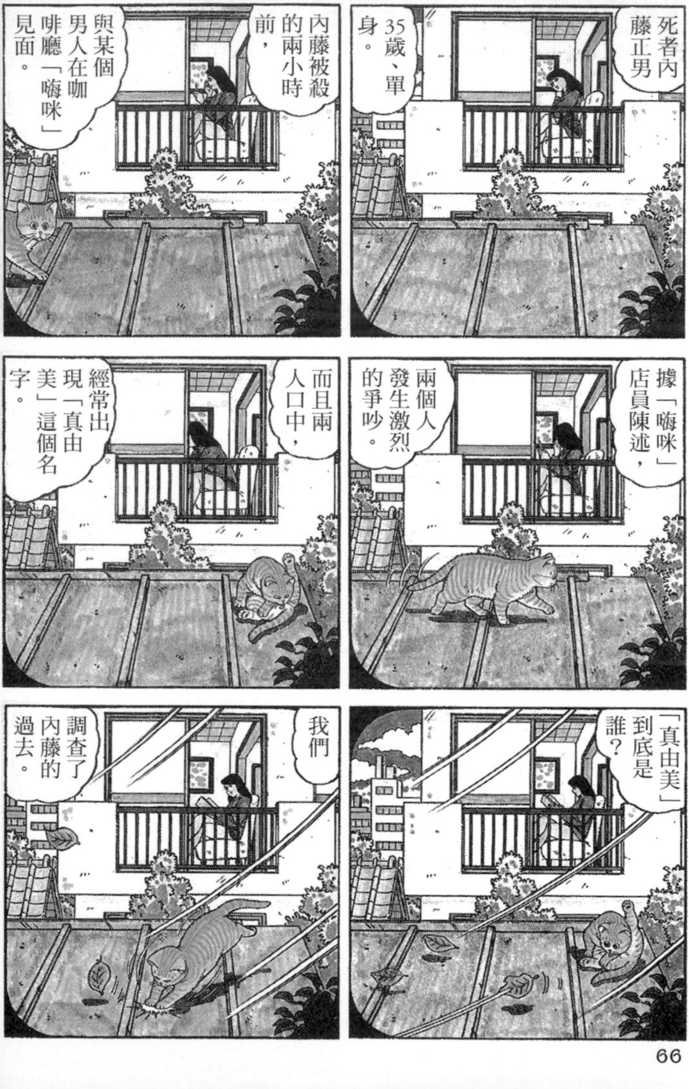
死者內藤正男
35歲、單身。
內藤被殺的兩小時前，
與某個男人在咖啡廳「嗨咪」見面。
據「嗨咪」店員陳述，
兩個人發生激烈的爭吵。
而且兩人口中，
經常出現「真由美」這個名字。
「真由美」到底是誰？
我們
調查了內藤的過去。

從女友、同事到同學，
找出叫「真由美」的人。
「真由美」一共有三人。
第一個是內藤真由美。
她是內藤政男的奶奶，
五年前死亡，86歲。
第二個是志村真由美。
她是內藤奶奶的朋友，
三年前死亡，88歲。

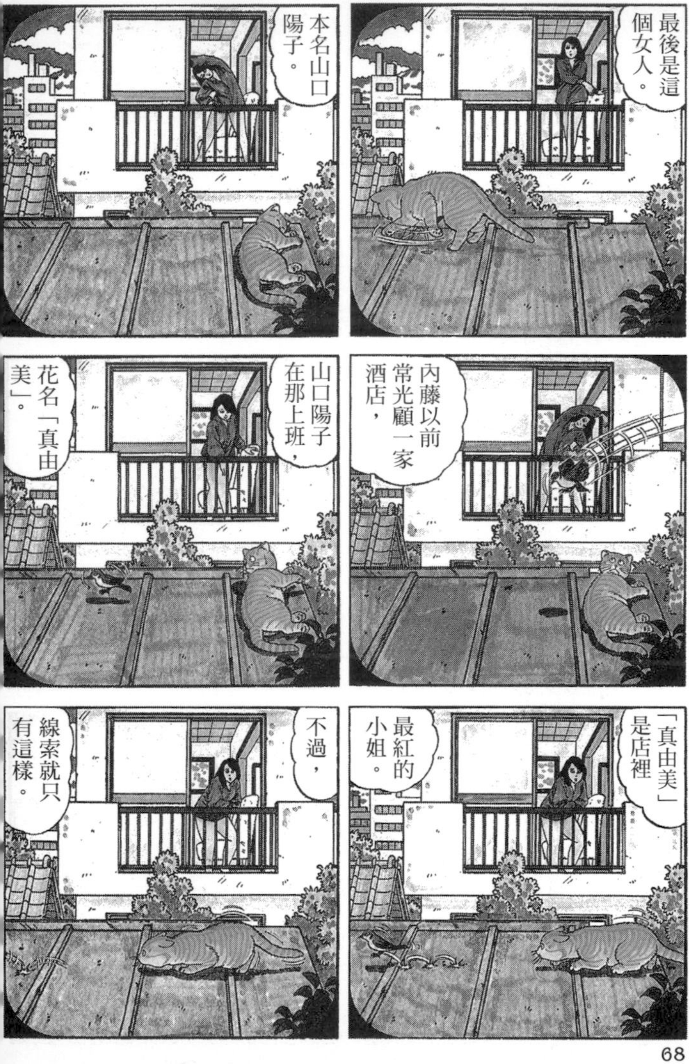
最後是這個女人。
本名山口陽子。
內藤以前常光顧一家酒店，
山口陽子在那上班，
花名「真由美」。
「真由美」是店裡
最紅的小姐。
不過，
線索就只有這樣。

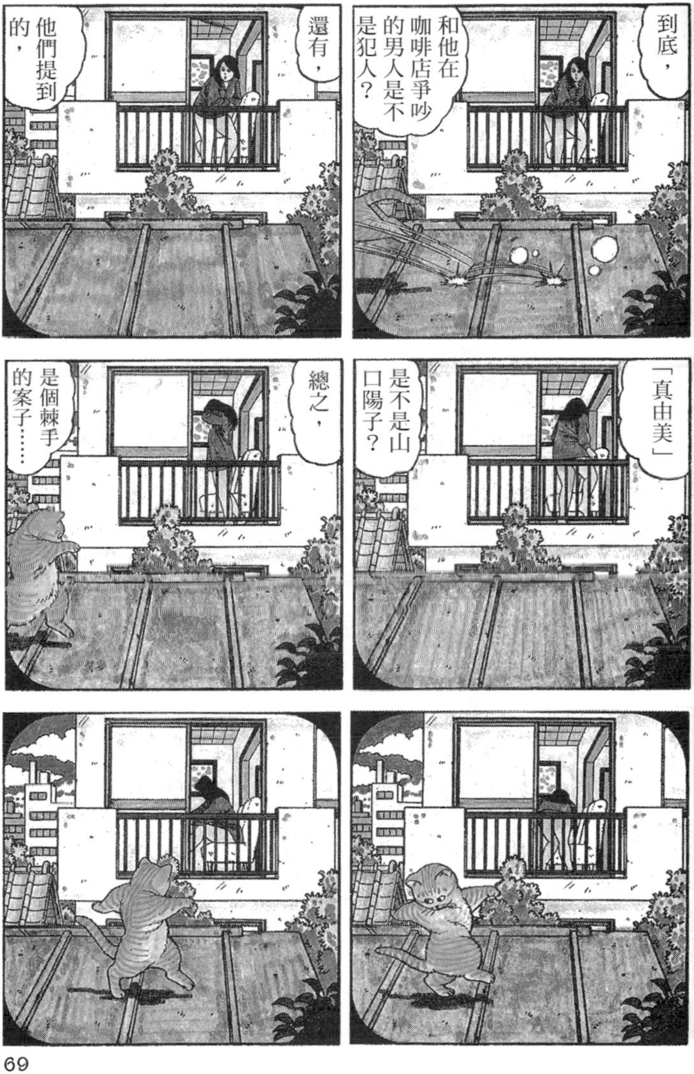
到底，
和他在咖啡店爭吵的男人是不是犯人？
還有，
他們提到的，
「真由美」
是不是山口陽子？
總之，
是個棘手的案子……

THE END

Vol.153
好多小北鼻！

哈！哈！
哈！哈！
啊哈哈哈，等一等啊伸之助～～
啊！
汪汪！
汪汪！
汪汪
沒錯唷～～！
那個就是汪汪。
珠美太厲害了！
居然知道汪汪。真是天才！
汪汪汪汪
那麼，那個是什麼啊？

……
妙妙
妙妙
妙妙
不是妙妙，是喵喵啦！
啊哈哈哈，有什麼關係！
喔！
有蟬在叫。
*唧咿咿
好，珠美，
我要表演蟬叫囉！
唧咿咿～唧唧唧！
唧咿咿～唧唧唧！

換妳！
……
妙凹凹～妙妙妙！
妙凹凹～妙妙妙！
珠美終於開始會說單字了。
好～～接下來跟我做這動作。
嗜～～＊
換妳！
妙～～
教她一些有營養的東西啦！

＊註：此為漫畫家赤塚不二夫作品《小松君》裡大板牙一角的代表動作「シェー」。

珠美最喜歡迷你可了。
啊~~啊啊~~
*碰
呼呀！
嘿~~！
迷你可會痛痛喔！
因為迷你可胖胖的，很舒服啊！
於此同時，麥可和波波又生了小孩。
咪~~
咪~~

慕尼可
梅尼可
莫尼可
以及期待已久的女兒，
菈。
肚子餓了~~
好、好，我馬上餵你。
要大便~~！
好、好。
喂~~慕尼可，那樣很危險！
ダダダ
＊手忙腳亂
搭啊！
ビリッ
嘿~~~！珠美不可以那樣！
＊撕

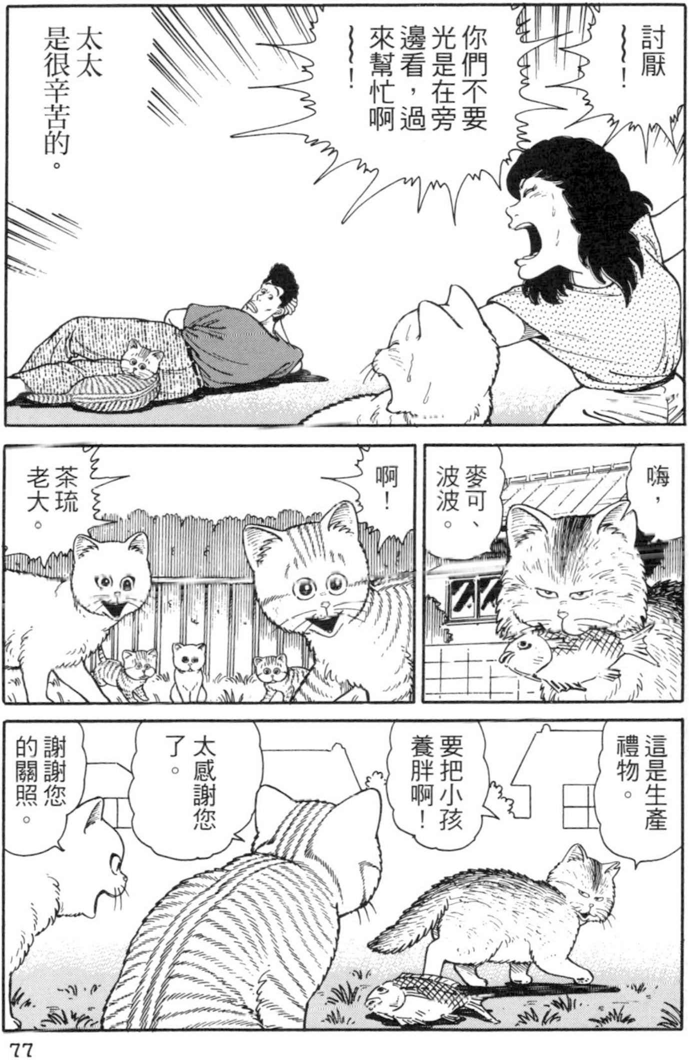
討厭～～！
你們不要光是在旁邊看，過來幫忙啊～～！
太太是很辛苦的。
嗨，
麥可、波波。
啊！
茶琉老大。
這是生產禮物。
要把小孩養胖啊！
太感謝您了。
謝謝您的關照。

真好啊，麥可……
咦……
怎麼了，大助……
太太這麼美……
你在幹嘛！
快點過來！
是～～
……
……

搭啊！
搭啊！
咦……

啊～～～啊
啊～～～！
＊撲
!!
＊叩嘍

THE END

Vol.154
快點長大

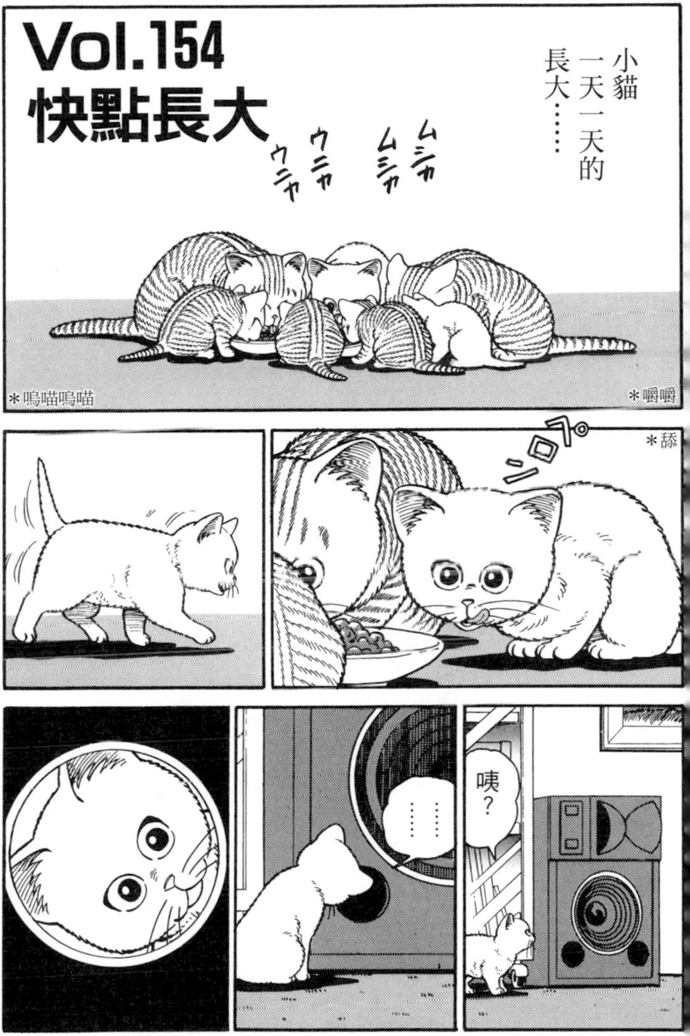

小貓一天一天的長大……
ウニャウニャ
ムシャムシャ
＊嗚喵嗚喵
＊嚼嚼
ペロン
＊舔
……
咦？

咕啊……

麥可～～波波～～迷你可～～慕尼可～～梅尼可～～莫尼可～～！
菈～～！
吃飯囉～～
ドドドドドッ
嗚喵啊～～！
*咚咚咚咚
菈～～
菈～～是怎麼了～～！
吃飯囉～～
!!
ダッ
嗚喵啊～～
*衝
ガッ
*擠

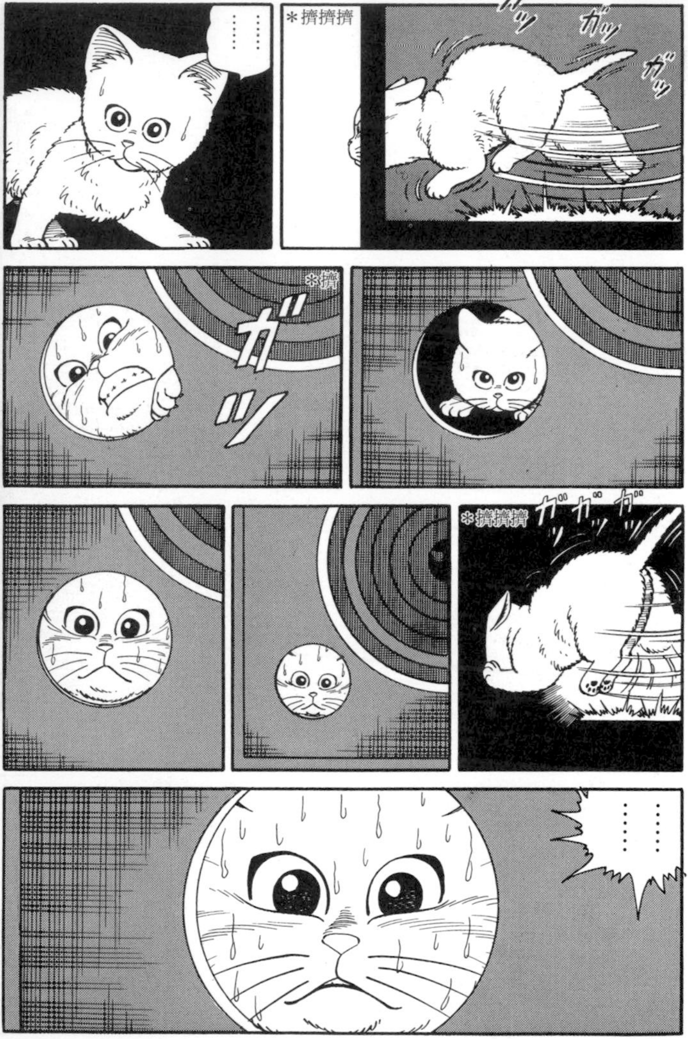
ガッ ガッ ガッ
＊擠擠擠
……
……
＊擠
ガッ
＊擠擠擠
ガッ ガッ ガッ
……
……

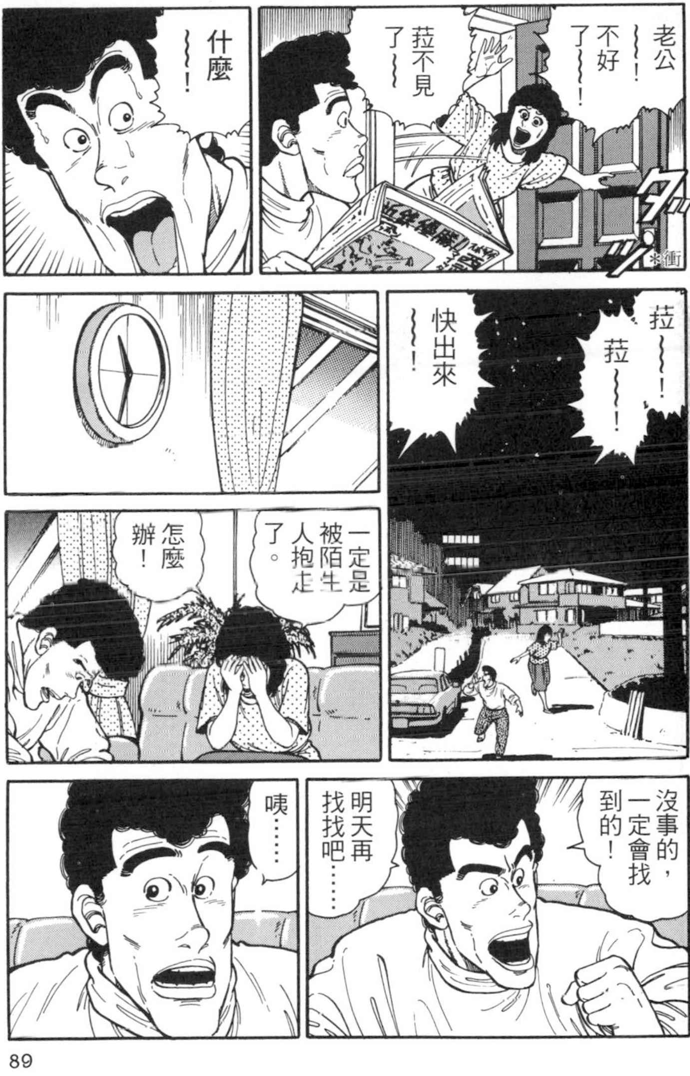

老公～～！不好了～～！
拉拉不見了～～
*衝
什麼～～～！
拉～～！
拉～～！
快出來～～！
一定是被陌生人抱走了。
怎麼辦！
沒事的，一定會找到的！
明天再找找吧……
咦……

THE END

Vol.155 死纏爛打的麥可

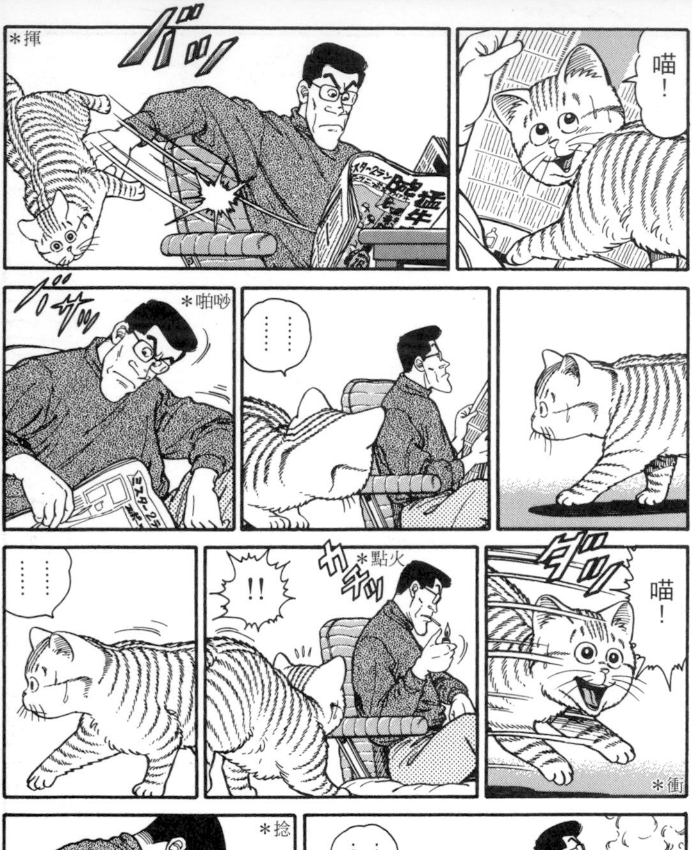
喵!
＊揮
……
＊啪吵
喵!
＊衝
!!
＊點火
……
……
＊捻
ゴシゴシ…

……
嗚喵啊！
＊衝
喵~
嗚喵~
嗚喵~
＊噠噠噠噠
＊嘰
＊啪噹
……
!!
＊唰啦啦
＊嘰
嗚喵啊~~！

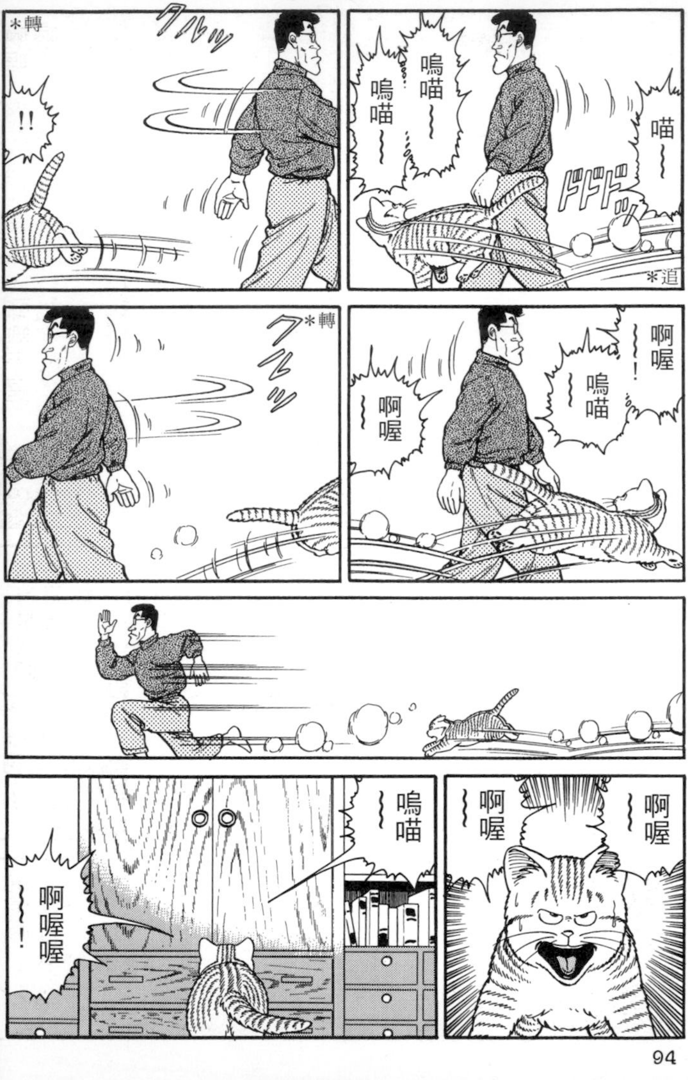

喵~~
嗚喵~~
嗚喵~~
＊追
クルッ
＊轉
!!
啊喔~~!
嗚喵~~
啊喔~~
クルッ
＊轉
啊喔~~
啊喔~~
嗚喵~~
啊喔喔~~!

＊開
啊喔喔～～
……
……
嗚啊～～
（早安貓咪）
モーニング
CAT
剛剛不是給你飯了嘛！
為什麼不吃那個！
這可是我們公司最高級的貓食耶！
過來吃！
嗚啊～～
嗚喵！
啊喔～～
啊喔～～
＊抓扒
這樣啊……你就這麼討厭這個罐頭嗎？

好，那你叫一聲「汪」來聽聽，
那樣的話就給你其他品牌的罐罐。
……
嗚～～
嗚～～
汪
……
……
輸……輸了……
早安貓咪公司看來還要繼續努力才行……

THE END

Vol.156

那隻貓叫什麼名字？

啊啊~~~
站住~~~！
臭傢伙~~
*快跑
ダダダッ
啊……
喔……
你是……
*噠噠噠噠
タタタタタ……
焼肉
可惡~！又讓他跑了~~！
那隻可惡的賊貓~
……
那不是……
被剪耳的加爾嗎……

那隻貓經常出現這附近嗎？
啥？
吼，整天出現啊！
好像還是這區的貓老大呢！
不敢相信……
那隻貓也經常去我們家呢……
但是我家距離這裡三公里遠啊……
什麼～!?
那隻賊貓是從那麼遠的地方過來嗎？
我也知道那隻貓的事喔！
因為他經常在我家院子裡過夜……
但他是從那麼遠的地方來嗎……
我家離這裡可是有五公里遠呢！
……
B町 鈴木小百合（餐廳店員）的證詞
我見過那隻貓。
他那時走過店前面的斑馬線。

C町 淺野清一（農民）的證詞
啊～那隻貓嗎？
他經常想來我家獵矮雞，我會拿石頭丟他呢！
D町 山本先生（超能力者）的證詞
我在橋下看過他。
他好像因為吃到壞掉的食物拉肚子，當我問他「還好嗎？」他也回我「沒事」。
ザァーッ
*嘩啦啦
咦……
加爾！

下這麼大雨，你是特地來打招呼的嗎？
好乖啊，我拿小魚乾給你。
嗚喵
嚼嚼
哈哈哈
慢慢吃喔！
你的地盤還真大啊！
讓我刮目相看了。
這也是種緣分，
要不要乾脆來當我家的貓？當然可以自由出入喔！
嚼嚼
舔……
＊磨蹭
嗚喵

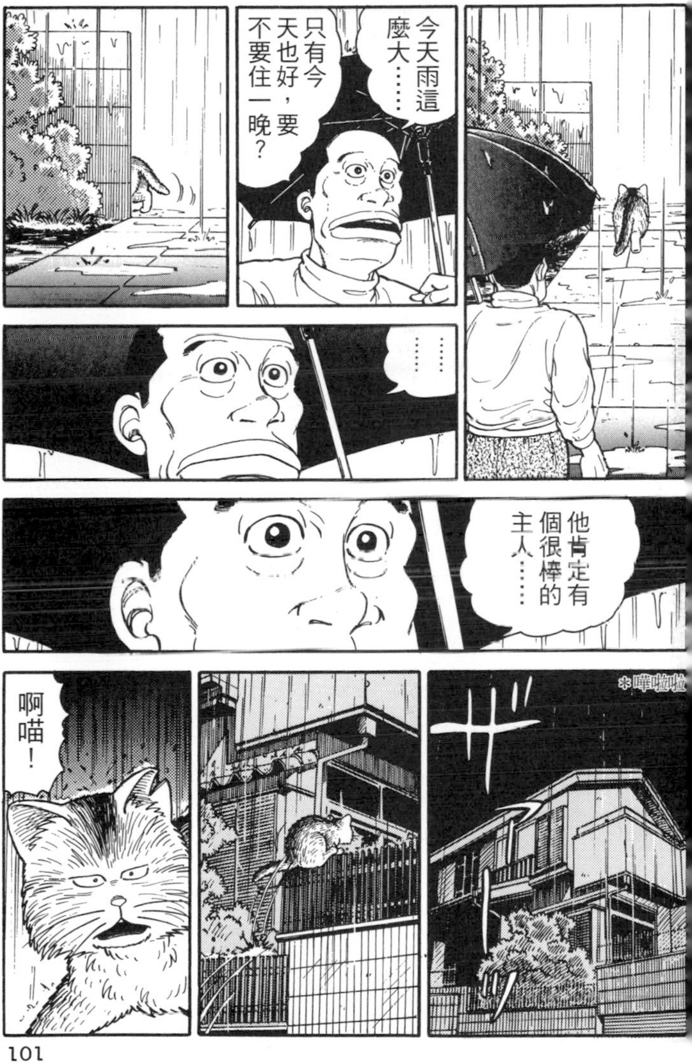
今天雨這麼大……
只有今天也好，要不要住一晚？
……
他肯定有個很棒的主人……
ザ
＊嘩啦啦
啊喵！

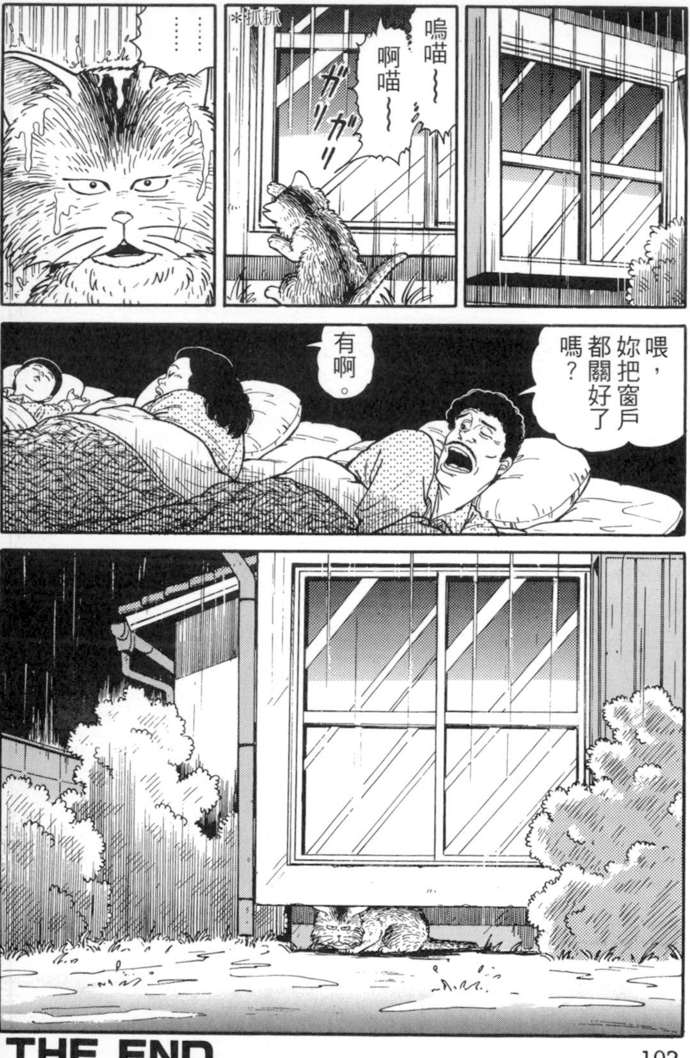
……
……
*抓抓
嗚喵～～
啊喵～～
ガリガリ
喂，妳把窗戶都關好了嗎？
有啊。

THE END

Vol.157
迷你可的戀情
今天天氣非常好，迷你可雀躍不已的出門了。
啊～真舒服啊～
ゴロン
嗚喵嗚喵
ゴロン
嗚喵嗚喵～
*翻滾
啊……
啊哈哈哈哈哈
那隻貓在地上翻肚子打滾耶！
好可愛喲～！
……

啊哈哈哈哈哈哈，
偷偷逃走了呢～～
＊磨蹭磨蹭
ズリズリズリ
＊磨蹭
ズリ
這裡應該沒人看到了吧！
＊翻滾
ゴロンゴロン
嗚喵～～
嗚喵喵～～
啊……

＊舔舔
ペロペロ
＊起身
ガバッ
…………
＊丟
ポイ

タタタ
*噠噠噠
小蘇總是待在陽台往外看，好可憐喔！
她應該是想出去吧！
為了小蘇，我也該再努力一點搬去有院子的地方住了……
真的嗎!?

＊踏踏踏！
迷你可，你在幹嘛啊？
找五樓那家的話，昨天搬走囉！
唭……
……
……

ダダダッ
*涙奔
啊嗡～～～
嗚喵～～
怎麼了啊～～！剛剛不是餵過你了嗎！
到底怎麼了？
呼嘎呼嘎
嚼嚼
ガッガッ
*狼吞虎嚥
他好像在化悲憤為食量耶。
是失戀了嗎……
但不管怎樣，又要胖了……
這是迷你可的第一次失戀。

THE END

Vol.158 羅古拉復活

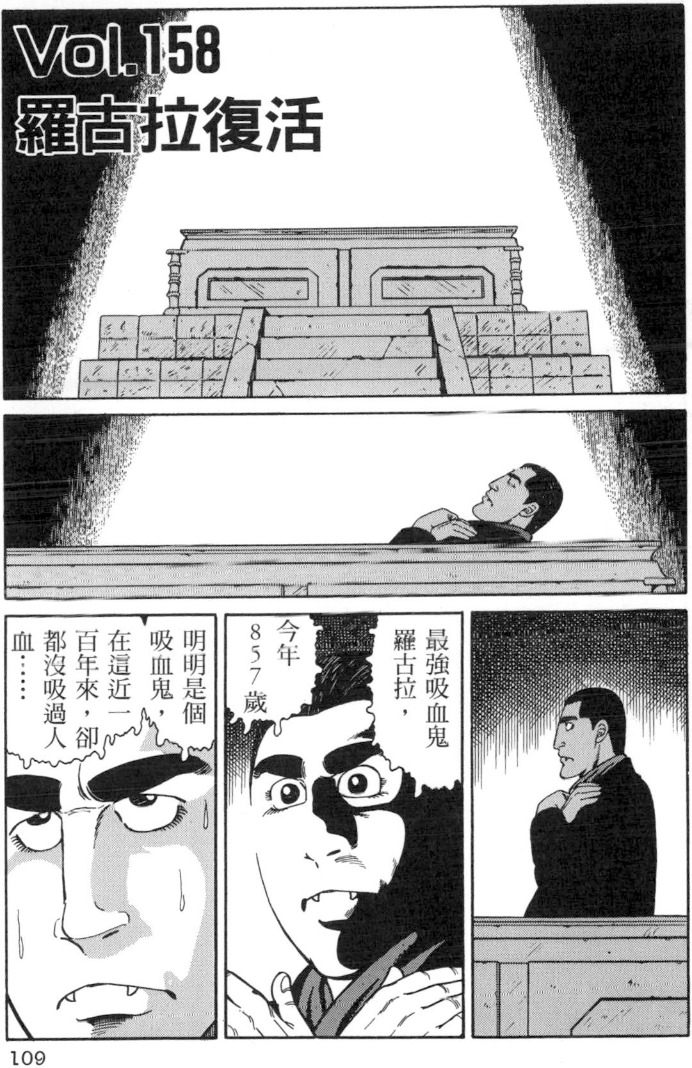
最強吸血鬼羅古拉，
今年857歲
明明是個吸血鬼，在這近一百年來，卻都沒吸過人血……

吸血鬼のすすめ
吸血鬼になるには
間違いだらけの吸血術
気合はいつも吸血鬼
頭のいい吸血術
いい血液の見わけ方
こんな血を吸ってはいけない
実戦 吸血鬼
吸血鬼の健康術
吸血鬼の税金対策
実戦 吸血鬼
吸血と輸血
吸血術
實戰技巧一，
想要抓到能吸血的女子，就找那種活動力不高的女性！
原來如此……

那女的從剛剛開始就一動也不動。
機會正好……
好～～
嗨！
啊？
!!
有什麼事嗎？
沒……
沒事。
蛇摸素斗妹由……

實戰技巧二，
相機是你最好的武器！
不好意思～～
我是週刊近代「露一下小褲褲」單元的攝影師，請讓我拍張照片！
什麼～～
討厭～～
騙人的吧～
拜託妳啦～～！
這是我的工作啊～～
可是～～
那只能一下子唷！
你要馬上拍喔！
好！
一、二、
三！
*掀

カシャッ
＊咔喳
What's M
些些逆
啦～～
實戰技巧三，
太過執著於
自己的喜好，
是吸不到血的，
把醜女納入
狙擊範圍。
嗯……
沒辦法了……
那個也
湊合一下
囉……
哎呀～～
妳好可愛
喔！
要不要一
起吃個飯
呢？
……

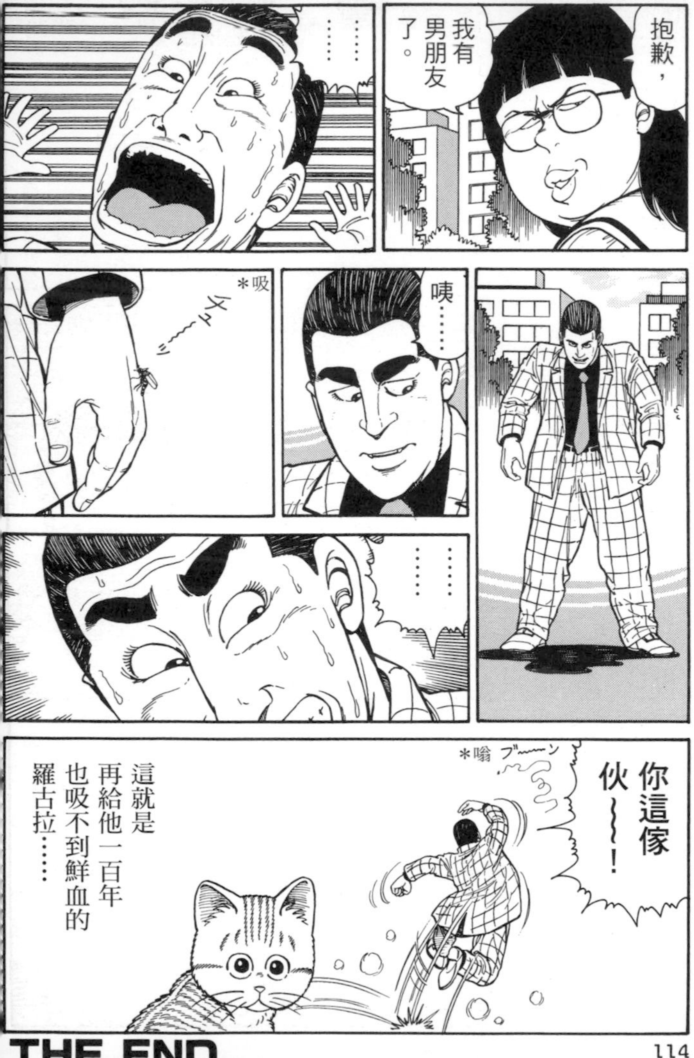
抱歉，
我有男朋友了。
……
……
咦……
＊吸 チュ〜〜ッ
……
……
你這傢伙〜〜〜！
＊嗡 ブ〜〜ン
這就是再給他一百年也吸不到鮮血的羅古拉……

THE END

Vol.159
語言專家
哈囉~我來玩囉~
阿姐。
哇~歡迎歡迎！
小妹！
我去泡茶，等一等喔！
不用這麼客氣啦！
嗚喵~
嗨~麥可~！
你在對我說「歡迎」吧~！
嗚喵~
不是喔！
他是說「我餓了」~！
咦!?

啊嗡～～
嗚嗡～～
沒事啦，迷你可，
她是我妹妹，不是可疑人物啦！
真不簡單～～
姐姐連貓語都能通了呢……
咦……
波波～～
……
嗚喵喵
嗚喵
嗨～～
妳好～～

她是說「這是我的位置，讓開！」
嗚喵喵～～
バシバシ
＊啪嘁
嗚喵嗚喵喵
……
他在說什麼啊？
他說「這是筆。」
啊啊～～
啊～～

哇，是小珠美～長大了呢～～
啊！
啊！
咦？
什麼啊？
＊磅磅
她要你「站上去」。
啊……
這樣嗎？
妙～～
啊～
啊～
啊～
什麼？

她說「妳也要一起做啊！」
喈~~
妙~~
啥……
咦？
※嘰
啊！是小花啊！歡迎歡迎~
啊，你好~~
姐姐多虧你照顧了~~
欸，喂……
怎麼了……

那個奈良漬啊……
是吸塵器吧！
是……
這樣喔……
……
姐姐！你們在說什麼啊？
啊？
他說「我想換新車」，我告訴他「不行」。
啊嗯～啊嗯～
什麼！？廁所很髒？
等我一下喔！
太太可以翻譯貓語、嬰兒語和老公的話啊。

THE END

Vol.160 生物鬧鐘

啊！姊夫早安～
哎呀，小花妳可以睡晚一點啊！
今天是星期天耶！
不用啦～我睡得很飽了。
咦，姐姐呢？
啊啊，她還在睡呢！
她有起床氣，
所以她起床後跟肚子餓的時候，我都不會跟她說話。
真是的～
從小到大都沒有改變啊！
我去叫她起床！
沒關係啦！
我們家有專門叫她起床的生物鬧鐘……
什麼……

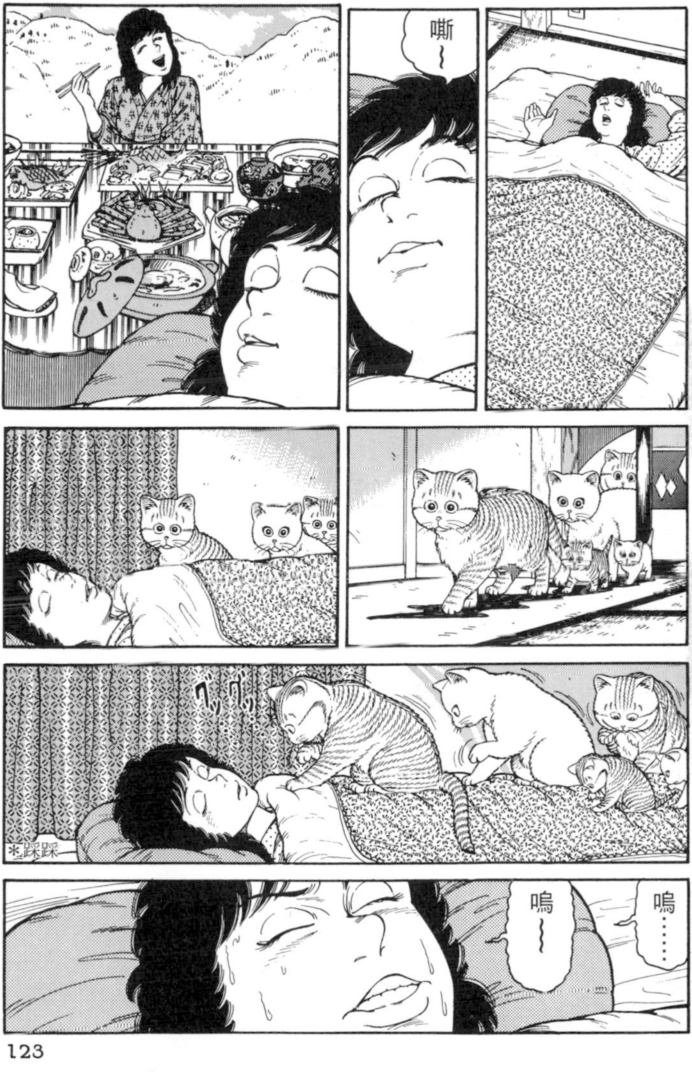
嘶~
グッグッ
*踩踩
嗚……
嗚~

＊啪啾
唔嗯～～
……
……
眼眼～
鼻只～
（鼻子～）
嘴嘴～
耳朵～
＊翻
啊啊～～！

嗚喵～～
＊刺
＊翻
討厭～～
啊啊～～
呃啊！
＊磅磅
……
……
嗚喵～
＊磨蹭
喵～～
＊磨蹭

THE END

パリッ
＊啪啦
パサパサ
＊啪沙啪沙
モグモグ……
＊嚼嚼
Vol.161
安靜的夫婦
＊嚼嚼
モグモグ
＊啪啦
パリ
孩子們說過年時要去夏威夷，不回來了……
＊啪啦
今年過年還真冷清啊……

別這麼說……時代不一樣了嘛……
*啪啦
哼哼……
時代嗎……
*抓抓
那，我考考妳。
*啪啦
……
這個，是前腳還是後腳呢？
……
後腳……不對……是前腳吧！
那，我們來看看。
*捏
錯～～
是後腳～～
呼呀！
……

＊嚼嚼
モグモグ
＊啪啦
パリン
＊啪啦
那麼……
パリン
!!
把這顆花生的尖端塞進麥可鼻孔裡，
麥可會有什麼表情……
……
這種臉。
好，來實驗看看。
ムギュッ
＊擠
ガバッ
＊起身
很可惜，
是這種表情呢！
……
……

＊嚼嚼
モグモグ…
＊啪啦
喂！老婆。
幹嘛？
妳把眼睛閉起來一下。
＊啪嘰
啊……
這樣？
很好。
……
＊啪啦
パリン
喂！老公。
嗯？

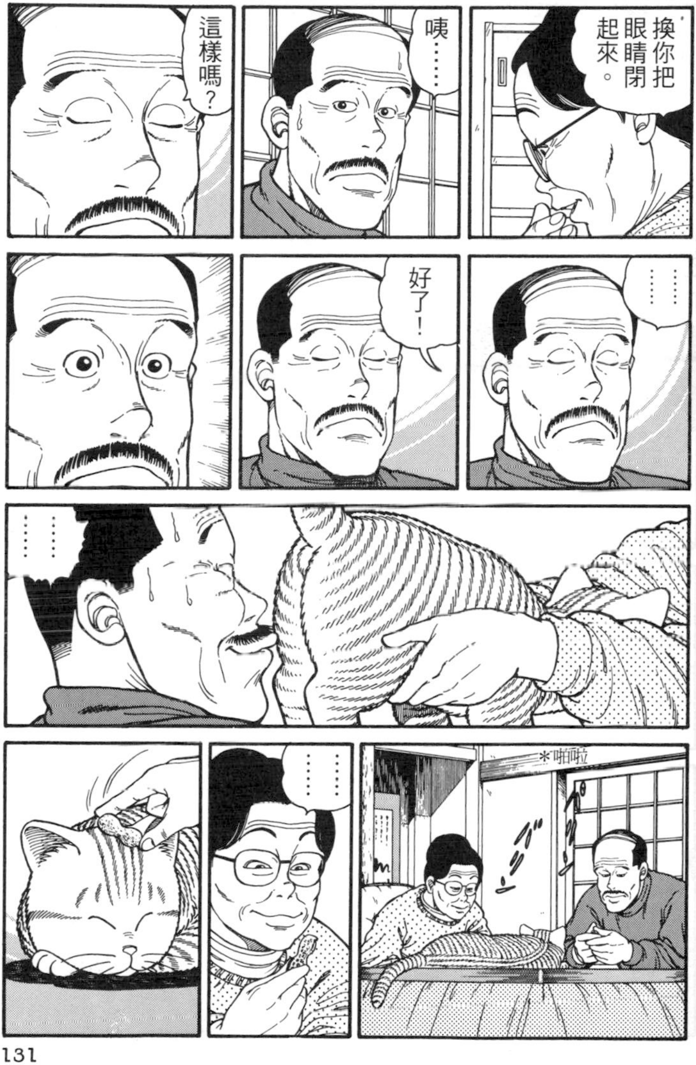
換你把眼睛閉起來。
咦……
這樣嗎？
……
好了！
……
＊啪啦
……

THE END

Vol.162
東京今林樂園
從山梨縣上野原市搭四十分鐘的巴士，
越過以自殺聖地聞名的這座吊橋……
冷靜！再想一想！
就是夢想國度，
東京今林樂園！
*啪砰轟
KB-L

招牌噘嘴表情
今林餐廳
您想要的都在這裡
今林小物專賣店
Tokyo konbayashiland
戀愛
旋轉木馬
愛與和平的
牛仔世界

歡迎來到
夢想的世界
徹底變身
時尚摔角手
3,000圓
3,000圓

你知道嗎？麥可～～
知道什麼事呢？波波～～
我呀……
好像又懷孕了～～
什麼～～!?
呀～～呼～～～!

這真的是，
值得慶祝。
恭喜恭喜你！
恭喜恭喜你！

恭喜恭喜
恭喜你～
咿耶～～
後來，東京今林樂園出現了八十八億元的赤字，倒閉。
據說有人看到今林會長站在吊橋上……
冷靜！
再想一想！
THE END

Vol.163 約會的邀請

咔鏘！
喂！我是土屋。
!!
啊，圭子嗎？我是石川。
啊～～紀雄啊？最近好嗎～～
哈哈哈哈，還可以啦！
怎麼了？突然打給我。
沒有啦～～就是我終於也買車了，
是雷諾五喔！雖然很小，但也是進口車。
哇～～是真的嗎～～
其實我也開始養貓了，
雖然叫做麥可，但是隻「國產貓」。
他真的好可愛啊～
是嗎～～真是太好了～～
那……
這個星期天……
圭子妳有空嗎？
喂喂！
……
……

那是我的竹輪啊～～
還給我～～等等～～等等～～等等～～
噠噠噠
噠噠噠噠…
喂？
……
……
……噠噠噠噠
咔鏘！
呼！對不起啊，
麥可他偷走我的點心了～～
哈哈哈，原來是這樣啊～～
所以你要說什麼？
啊……嗯……
我那台車還滿舒適的啦～～
我想找一天去個風景好的地方……
痛死了～～

喂～好痛啊！
很痛耶～
……
不要突然跳到我背上啦～討厭～～
……
啊……對不起，
你說那風景怎麼樣？
……
嗯……
啊啊。
所以，
下次，
要不要一起去……
不行！
那張椅子不是拿來磨爪子的啦……
噠噠噠噠……
……
……噠噠噠噠

咔鏘！
對不起～
剛剛說到哪裡？
啊……
這個星期天，
危險！
噠噠噠噠……
……
……
……噠噠噠噠
……
咔鏘！
呼哈！對不起，
麥可他從電視機上摔下來了～但好像沒受傷。
是嗎～
剛才你要說什麼？
嗯……

這個星期天！
要不要一起去！
兜風？
……
……
嗚喵
……
欸欸！你有聽到嗎？
咦？
這是麥可的聲音喔～～！
很可愛吧～～
啊……嗯……
對啊……
他漸漸開始討厭貓了……

THE END

Vol.164
愛麗絲心情不好
我最討厭麥可了~~~
哼！什麼嘛！我不理你了！
＊奔
……
＊啪噹
這是怎麼了？
愛麗絲看起來心情很糟。
是啊……
好像……
是和麥可吵架了……
什……
什麼……

愛麗絲，妳為什麼跟麥可吵架？
因為~~
我特地為麥可做了蛋糕，
但他居然不吃！
不要這樣說……
妳看，麥可來跟妳道歉了啊……
嗚喵！
嗚喵~~
嗚喵
……
喵
……
好，
快和好吧……

ガシッ
*握
很好、
很好。
哼！
什麼嘛
~~~！
*砰
我最討
厭麥可
了~~
ダッ
*奔
怎麼了愛
麗絲？
麥可不是
來道歉的。
他只是因
為肚子餓
了~~！
タタタタタ…
*噠噠噠噠
……
~~~

麥可。
抱歉剛剛對你發脾氣，
這是向你道歉的禮物……
……
什麼嘛~~~！
タダダ
※快跑
怎……怎麼了啊！愛麗絲！
我特地挑了一個禮物給麥可，他居然說不要！
……

咦……
麥可。
嗚喵~
你想和我一起睡吧……
好唷，快進來吧！
呼呼，太可愛了！麥可果然是喜歡我的！
什麼嘛~~~！
我最討厭麥可了啦~~~！
怎麼了啊！愛麗絲。

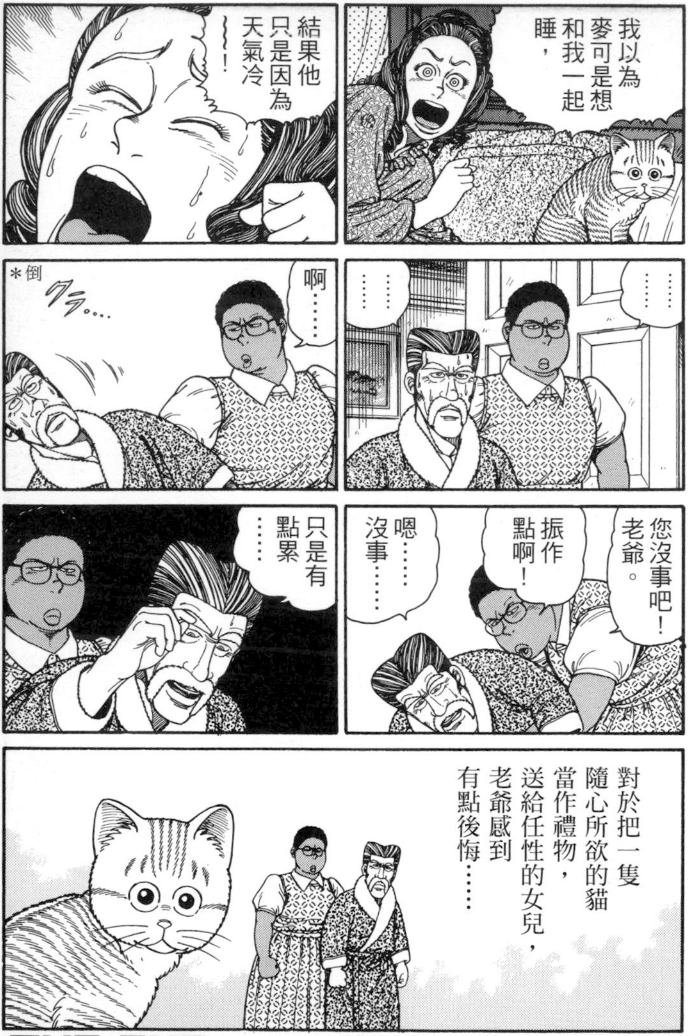
我以為麥可是想和我一起睡，
結果他只是因為天氣冷——！
……
……
啊……
*倒
クラ…
您沒事吧！老爺。
振作點啊！
嗯……沒事……
只是有點累……
對於把一隻隨心所欲的貓當作禮物，送給任性的女兒，老爺感到有點後悔……

THE END

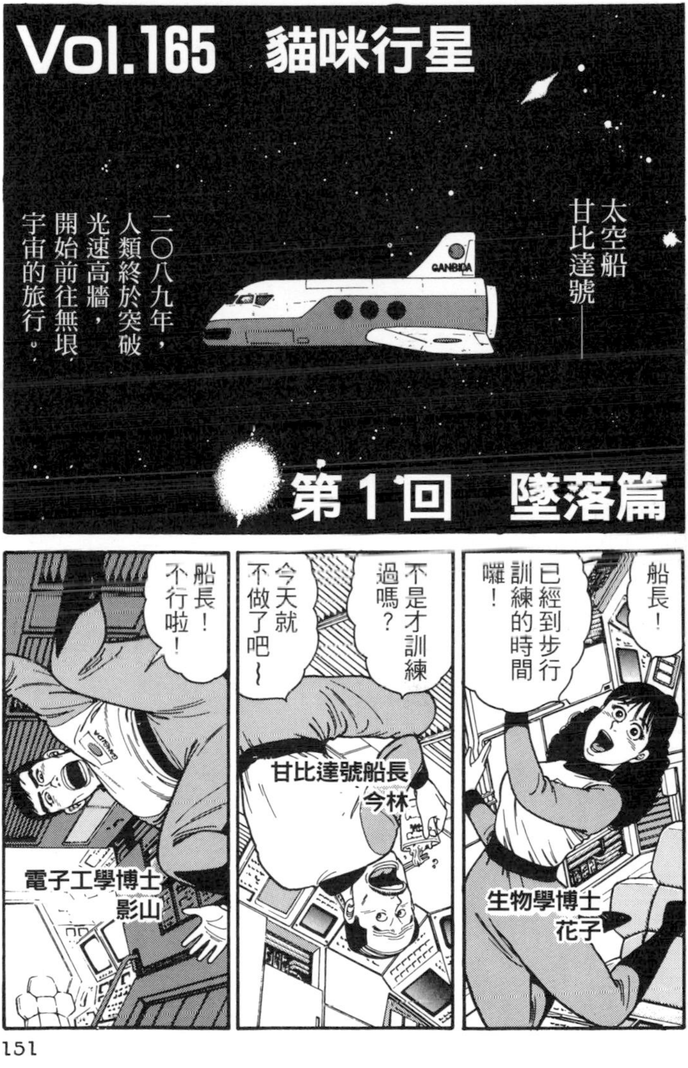
Vol.165 貓咪行星
太空船甘比達號——
二〇八九年，人類終於突破光速高牆，開始前往無垠宇宙的旅行。
GANBIDA
第1回 墜落篇
船長！
已經到步行訓練的時間囉！
生物學博士
花子
不是才訓練過嗎？
今天就不做了吧～
甘比達號船長
今林
船長！不行啦！
電子工學博士
影山

我們已經待在無重力狀態下二百七十五天了。
雙腳肌力衰弱，不練習的話，回到地球會站不起來。
那種事我知道啦……
啊～～好想快點回地球啊！
ドォーン
*咚
哇！
怎……怎麼了～～！
不好了！船長！
發生什麼事？
我們和宇宙塵撞擊，船失去控制了～～！
蝦密～～
什麼～
這～～！
再這樣下去就要墜落到前面的星球了。
已經不行了～
*磅

バシャバシャ
*嘩啦嘩啦
哈啊哈啊
呼哈呼哈
哈啊哈啊
呼哈呼哈

這……這裡是哪裡啊……
大家呢？只有我一人得救嗎？
總……總之，
這裡有空氣，必須找到生物。
啊……
＊炸毛
貓……
是貓！
而且穿著衣服，
那……這麼說來，這個星球也有人類囉！
＊奔
啊！

等一下～～！
我不是什麼奇怪的人啦～～！
……
拜託妳不要跑！
請帶我去找妳的主人！
……
啊……妳，
會說貓語嗎！？
咦……
妳……妳才是，妳居然……
會說話！？
……

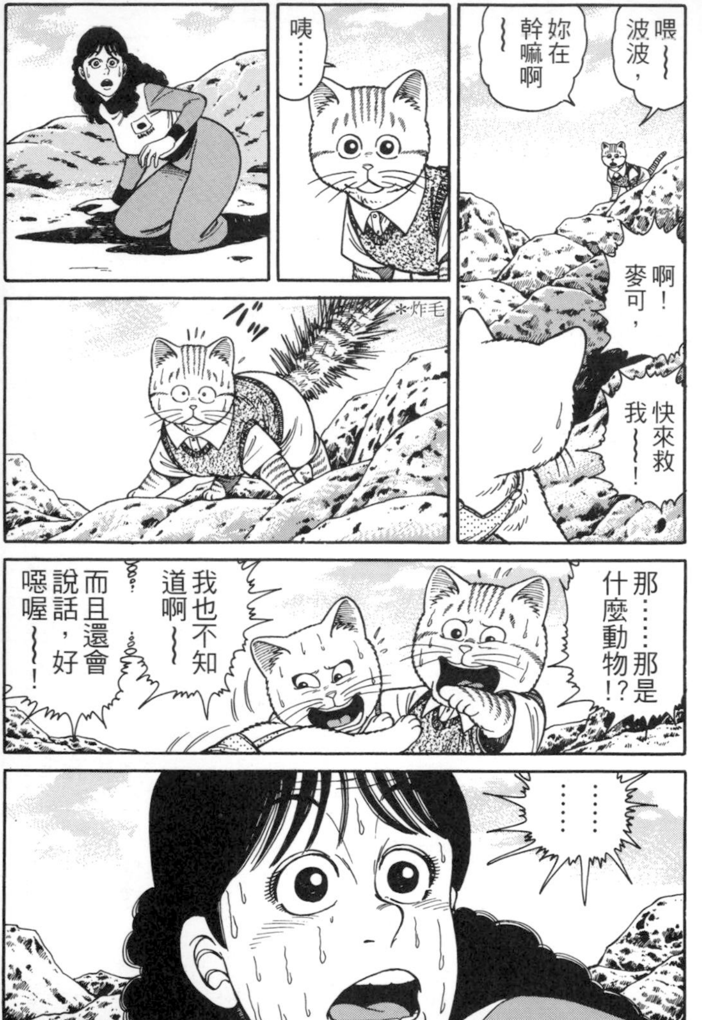
喂~~波波，
妳在幹嘛啊~~
咦……
啊！麥可，
快來救我~~！
＊炸毛
那……那是什麼動物!?
我也不知道啊~~
而且還會說話，好噁喔~~！
……
……

THE END

Vol.166 貓咪行星

那是什麼~!?
靠近牠就會被吃掉~
怎麼有這麼醜的動物~~~!
吼~~
……
*快跑
ダダダッ
這……這裡是由貓統治的行星嗎?
是貓咪行星吧……
牠好像在說什麼奇怪的話。
怎麼辦、怎麼辦~~!?
總之……
把牠抓起來賣掉吧!
什麼~~~!?

怎……怎麼會～～
救命啊～～！
＊叩嘍
呼嚕呼嚕大學
生物研究所
嗯～～
我知道了！

這是象海豹的一種，
沒有毒性，可以放心！
原來如此~~
不是~~~！
哇啊~
我是來自地球這個星球的人類，我叫花子！
因為太空船故障才墜落在這個行星！
拜託你們放我出去~~~！
真的會說話~~~！
好噁心喔~~
好……好吧~
那就來檢查牠的智力狀況……
喂！
回答我的問題……
不知道就回答不知道。
這些圖案中，

和這個相同的是哪一個？
這個。
喔喔～～！
好厲害！
大學考試的答案這麼輕易就答出來了。
智力驚人啊！
看！很厲害吧！
你要出多少錢買啊？
好吧，
嗯，15嗚喵如何！
1嗚喵＝約130圓
15嗚喵……嗎……
能不能再加一點呢……
可……可是啊……
我出30嗚喵買下牠！
＊嘎啦
咦……!?
什……什麼？
妳是誰！

我是喵吉拉馬戲團的凱薩琳。
那隻象海豹，就由我負責照顧牠吧！
喂，怎麼樣啊？
30嗚喵價錢還不錯啊！
凱薩琳小姐……
是。
你會好好餵牠吃飯、幫牠清大便吧？
當然了。
救命啊啊～～
我不是象海豹啦～
*轟——
ガァーッ
グリーン興產

THE END

Vol.167
貓咪行星
＊哇——
即將開演！
怪獸花子是也～～
世界首度公開
NYAZIRA CIRC
哇哇
別推呀喵～～
喵吉拉馬戲團
第3回 雜技篇
世界首度公開
怪獸花子
一想到我們捕獲的動物要出道了，就好興奮呢～～
來，小魚乾仙貝和木天蓼飲料。
嗯。
NIBOSHI せんべ
但是，那真的是象海豹嗎……
嗯……
我也不太確定……
所以帶了動物圖鑑……
動物圖鑑

這個是象海豹……
象海豹
海豹科
肉食
體重 2.5 公噸
……
……
果然很像呢！
嗯！牠肯定就是象海豹啦！
歡迎各位觀眾，在百忙之中來到喵吉拉馬戲團。
哇～終於要開始了～
接下來，是本日的主秀，一起來欣賞世界醜陋猛獸秀。
首先介紹的是，猛獸助手大助～

呀～好帥～～
太帥了～～！
大助～
呀～～
呀～～
＊呀——
＊哇
＊口哨聲
接下來是世界首度公開！
由大助操控的猛獸……
＊窸窸窣窣
……
象海豹花子！
＊亮相
哇好噁～～
這麼醜的動物～～
竟然存在這世上啊～～
大助要被吃掉了～～
媽媽～～好可怕喔～～！
要……
要你們管！
＊哇——

那麼，就先來看看牠驚人的才藝吧。
花子牠會跟著音樂跳舞喔！
什麼~~!?
真的嗎~~!?
太離譜了~~
音樂請下！
＊音樂聲
來，花子！跳舞了。
不跳就不讓妳吃飯！
咿呀！
＊啪嘁
知……
知道了啦！
＊登
＊登
＊踏

哇啊啊~~
不敢相信~~
牠會學貓跳舞耶~~
天啊~學了太好了！
好！接下來，花子要表演騎腳踏車。
喂！騎腳踏車了！
我知道啦！
＊啪喊
＊嘰叩嘰叩
キコキコキコキコ
＊嘰叩嘰叩
キコキコキコキコ
＊啪啪啪啪
パチパチパチパチ
嗚喔喔~
好厲害~~！
好棒好棒~~！
接著是重頭戲！
打電話的象海豹！

*蹦跳
タッタッタッタッ
*咔鏘
ガチャ…
*嗶！嗶！嗶！
ピッピッピッピッ
*微笑
ニコ…
*啪啪啪啪啪啪
哇啊啊～～！
很棒喔～～！
パチパチパチ
*哇—
嗶～～
還滿可愛的嘛～
我一輩子都要做這種事嗎～～～!?

THE END

Vol.168
貓咪行星
第4回
交配篇
大人気ハナコ
NYAZIRA
30嗚喵
嗚哈哈哈哈哈哈哈
笑到停不下來的凱薩琳團長。

你們有好好照顧花子吧。
有的！
但是花子很討厭洗澡，
很難照顧啊~~
還有因為擔心傳染病，我們給牠打了豬的疫苗。
好~~總之要好好照顧，這可是世上絕無僅有的動物。
嘿嘿嘿，那麼~要讓花子人氣更高的話，要做什麼呢……
團長~~！
不得了了~~
*磅
嗯？
怎樣！
我正在忙！
那……那個，
在木天蓼海岸……
發現公的象海豹了……

喵……
你說什麼~~~！
聽好了！妳可別想著要逃跑！
你說說看我能逃去哪裡啊！
爸爸……媽媽……還有姐姐……
我大概一輩子都回不去地球了……
……

……
コチョ コチョ…
＊搔搔
＊呼嚕呼嚕
ゴロゴロゴロ…
喂～～喵丸！
你幹嘛在那裡蜷成一團偷睡覺～～
ダッ
＊衝
妳還好嗎？花子。
今天有個會讓妳開心的禮物喔。
什麼
禮物啊！

這個！
*拉
痛啊～～～～！
今……
今林船長！
花子，妳還活著啊！
船長也是，太好了，你沒事吧！
嘿嘿嘿，果然是同種類的動物。
好耶、好耶。
讓這一公一母交配後，生下小象海豹……
象海豹的人氣就會越來越高吧！
就是這樣！

什麼？
交配……？
好了！你們就聽話趕緊製造小孩吧！
不照做的話就沒好日子過！
啊……
怎麼這樣～～
……
……
……
救命啊～～！
才不要～～！
開什麼玩笑啊～～！
讓我死了吧～～

THE END

Vol.169
貓咪行星
《超級新聞》
スーパーニュース
各位觀眾午安~~！
現在為您播出超級新聞。
第5回 望鄉篇
今天也從花子的消息開始播報吧！
現在和我們的外景主播小蘇連線。
小蘇~~！
大家好~~我是蘇。
今天是第十一次相親了，情況怎麼樣呢？
是的~~
很可惜，今天的相親也是失敗收場~~

今林呢，
年齡雖然大，卻非常積極。
反觀花子，
十分凶悍呢。
完全不讓牠接近。
哈哈哈哈，真是逗趣呢～
但是飼育員表示，花子已經出現疲態，最近極有可能交配成功。
好！麻煩妳繼續為我們追蹤～～
另一方面，喵吉拉馬戲團為了即將出生的象海豹寶寶，也正公開募集寶寶的名字。
名字獲得採用的民眾，將會得到暖桌作為禮物喔～～

到底會生出幾隻呢？真令人期待~~
請踴躍參加，來函請寄到以下地址。
喂！快寫下來！
在寫了！
沒想到那隻象海豹會這麼受歡迎~
對呀~不知道會生出怎樣的寶寶~
ガダッ
＊嘎噠
咦？
哈啊！哈啊！哈啊！
＊闖入

哇啊啊啊！
是象海豹啊～～！
＊跑
小聲點！
救命啊～～！
＊衝
別跑！
＊抓
呼呀呀呀呀呀～～
啊～～
＊抓扒
可惡～～

呼呀！
＊抓
如何！
這樣就動不了了吧！
＊舉
啊喵！
＊抓
接下來照我說的去做！
聽懂了就搖尾巴！
＊唰唰

這……這是，
是太空船……
＊唰唰
我們就是搭乘這個墜落到這個行星的。
但是我已經修好了。
花子妳等等我，我一定會救妳出來！
然後回到地球！
THE END

Vol.170
貓咪行星
*疾速
HUE1994
第6回　救出篇
你打算如何救出花子？
那裡好像雇用了很多優秀的保鑣。
沒問題，我有祕密武器。
祕密武器？
是這個！
UNCAT
那是什麼噴霧？

シュッ
＊滋！
呼呀～
好臭～～
這麼強的臭味是什麼啊～～
熏死我了～～
呵呵呵……這是為了教導貓咪或防止他們搗蛋時使用的味道噴霧。
呼呀～～地球人製造了很可怕的東西耶～～
ブウーッ
＊噗嗡嗡
喵吉拉
你們在這等我……
等我救出花子，就搭這輛車逃跑。
知道了……
HUE1994
好～～

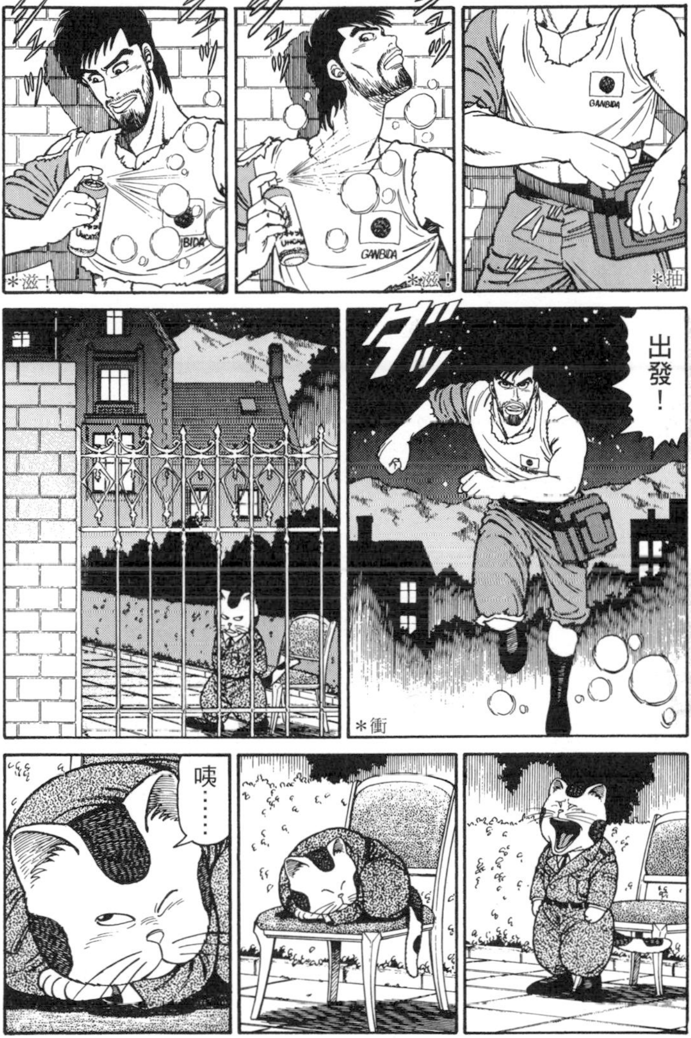
＊滋！
＊滋！
＊抽
出發！
＊衝
咦……

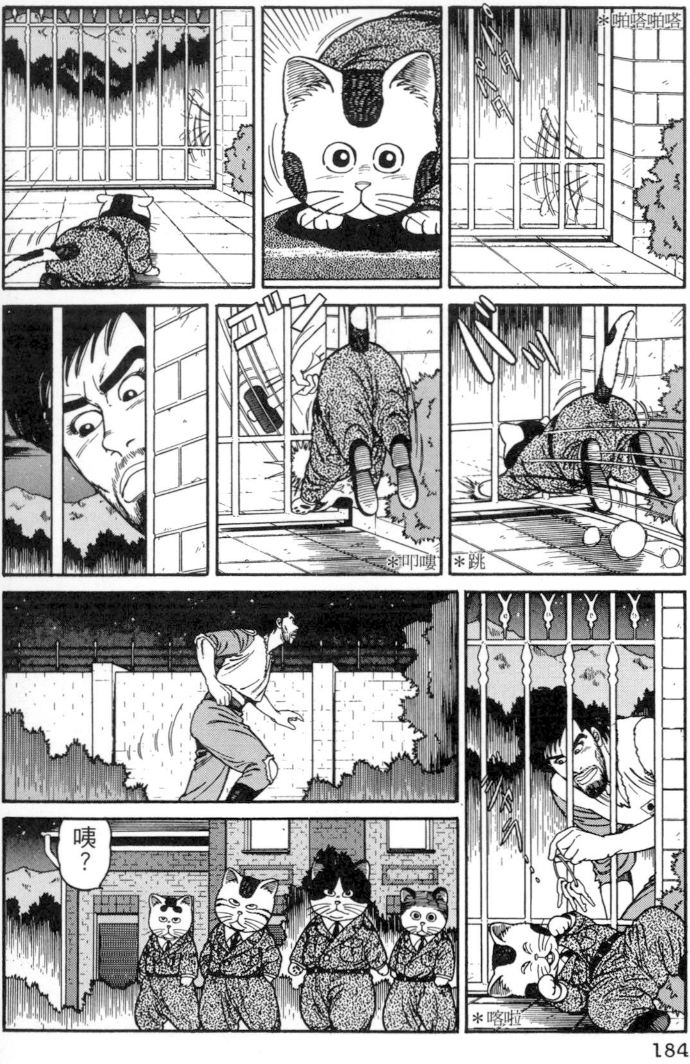
*啪嗒啪嗒
*叩嘍
*跳
*喀啦
咦？

哇啊啊！
是象海豹啊～～～！
＊衝
抓住牠～～
抓住第三隻的伙食加倍～～
可惡～～
咦……
＊逃跑
受不了這個傢伙啊～～！
不幹了、不幹了～～
呼呀～～
這是什麼臭味～～

THE END

你……影山，你也還活著！
沒錯！太空船也沒事！
來！快點離開這裡！
Vol.171 貓咪行星
哎呀～～多謝你來救我們，影山。
我們被硬逼著交配，超困擾的。
少騙人了混帳！
*叩嘍
給我等一下！
*颯
啊……
第7回 逃脫篇

嘿嘿嘿，沒想到還有一隻象海豹呢！
這樣一來我們公司就會更受歡迎了。
上啊！抓住牠們！
＊追
嗚喵啊～～
可……可惡！
＊丟
嘿！
＊啪
嗚喵！
嗚喵喵喵～
ポーンポーン
＊砰——砰——
＊咚咚咚
喂喂～～！你們在做什麼～～！

給我上啊～～！
＊咚咚咚
嗚喵啊啊啊啊！
可惡……
＊舉
給你！
咦？
＊丟
嗚喵～
是木天蓼～～！
＊追
呼喵～
好，趁現在！
快逃！
好！

*追
給我站住~~~!
喵的咧~~~!
*咬
痛!
ガブッ
*撲
抓住一隻也好~~
哇啊~~
救命啊~

快點過來，麥可和波波在那邊的車裡等著我們。
好！
タッ タッ タッ
＊跑！跑！跑！
咦……
……
……
給影山
我們好睏，
先回家睡覺了。
麥可、波波
真是的～～！
只好跑回去了！走吧！
好！
HOTEL
咦……
那個……
HOTEL くすのき

啊～～那不是象海豹花子嗎？
哇～真的耶～
啊～～幫我簽名～
啊……
妳在幹嘛啦花子！
不快一點追兵就來了～～！
可是～我沒辦法放著粉絲不管啊～
來！
謝謝～
花子
……
花子
花子
花子
花子

THE END

Vol.172
貓咪行星
第8回
完結篇
麥可！波波！感謝你們這段日子的照顧。
謝謝你們。
沒有啦～～
感覺有點捨不得呢……
那個花子，……
怎麼了？
妳說地球上也有貓，是真的嗎？
有啊！而且和人類相處得很好呢！
雖然不像你們還會說話。

哇～～
那請幫我們向地球上的貓問好。
你們也要過得幸福喔！
……
回到地球後，提起這裡的事，
應該也不會有人相信吧……
只能當成做了一個開心的夢。
ゴゴゴゴ
＊轟轟轟轟
ゴオオォォ
＊轟嗡嗡嗡嗡

ゴォォォォォ…
*轟嗡嗡嗡嗡
再見了~~~!

*嘩啦嘩啦
呼哈呼哈
*啪啦
ザバッ
呼哈吁吁
對不起啊！
在太空船修好之前，請再讓我們待一段時間。
啊！波波，妳睡覺沒關係啊！
我會負責煮飯的……
麥可你負責打呵欠就好了，
我會去捕魚的……

……
……
真沒辦法，那就暫時隨牠們去吧……
反正牠們兩個很勤勞，我們也落得輕鬆。
就這樣，花子和影山就暫時住在麥可家了。
同一時間的喵吉拉馬戲團——
＊啪砰轟——
NYAZIRA CIRCUS
好，接下來是打電話的海象～～

人氣完全大不如前了。

貓咪也瘋狂 5 完

貓咪也瘋狂 5

What's Michael？ 5

作　　者　小林誠
譯　　者　李韻柔
美術設計　許紘維
內頁排版　高巧怡
行銷企畫　林瑀、陳慧敏
行銷統籌　駱漢琦
業務發行　邱紹溢
營運顧問　郭其彬
責任編輯　吳佳珍、賴靜儀、何韋毅
總 編 輯　李亞南
出　　版　漫遊者文化事業股份有限公司
地　　址　台北市105松山區復興北路331號4樓
電　　話　(02)27152022
傳　　真　(02)27152021
讀者服務信箱　service@azothbooks.com
發　　行　大雁文化事業股份有限公司
地　　址　台北市105松山區復興北路333號11樓之4
劃撥帳號　50022001
戶　　名　漫遊者文化事業股份有限公司
初版一刷　2019年1月
初版六刷(1) 2022年2月
定　　價　新台幣899元（全套不分售）
I S B N　978-986-489-023-1（套書）